紅桃(くるみ)の百色(ももいろ)メイク①

羽央(わお)えり／作　星乃屑(ほしのくず)ありす／絵

講談社 青い鳥文庫

もくじ

プロローグ　6

1　ようこそ！　ビューティー部へ　16

2　入部テストは突然に　35

3　最近のルーティンとお悩み　54

4　私の抱える問題点　66

5　政虎くんの見てる世界　82

6　新しい悩み　99

7　彼女が逃げたわけ　113

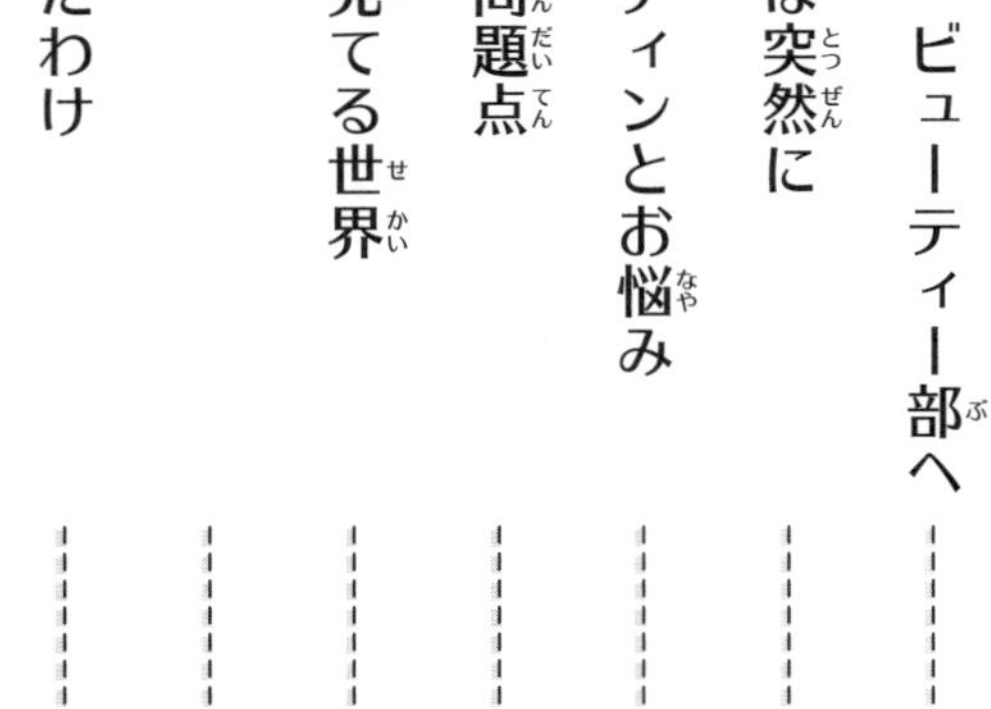

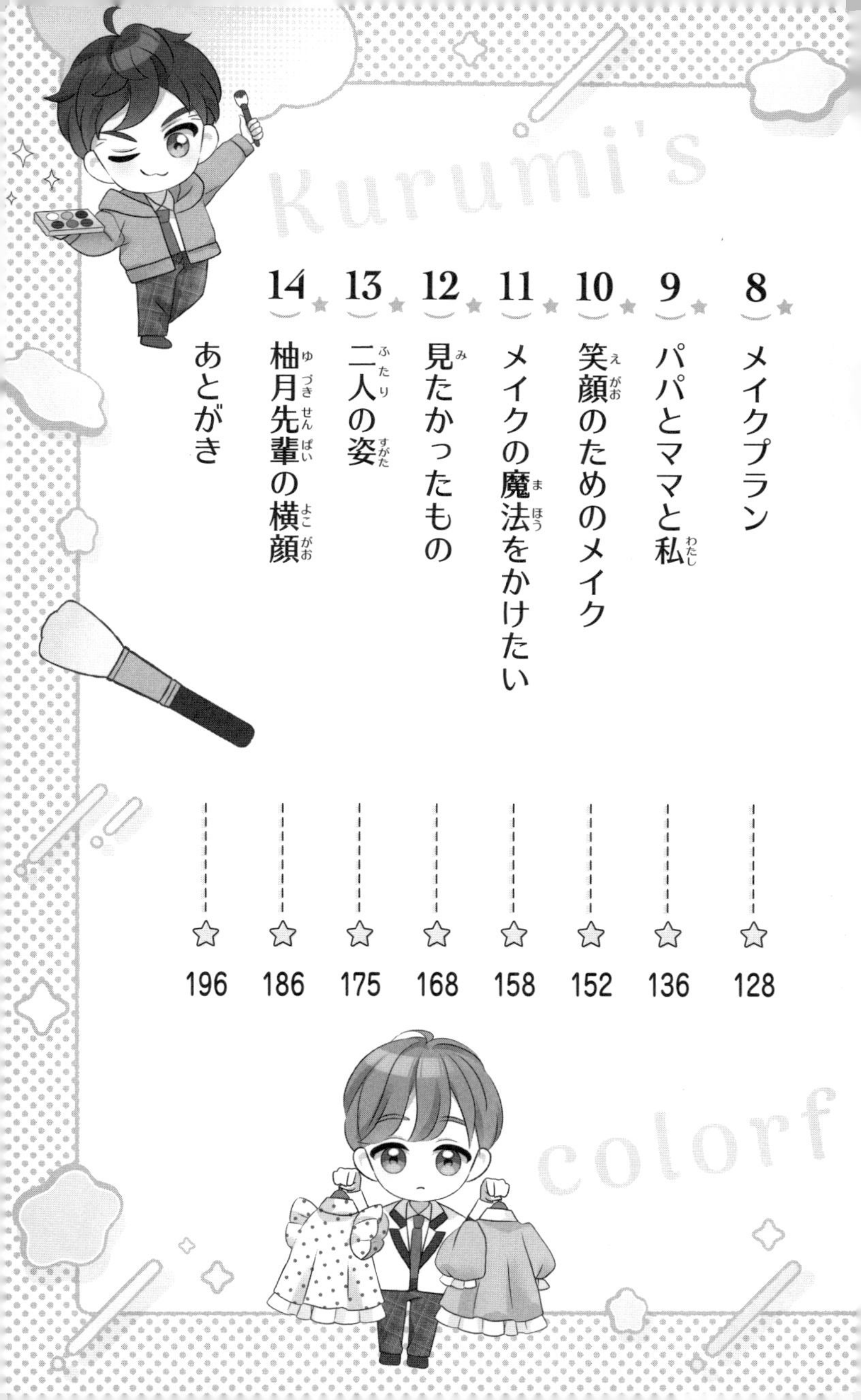

8 メイクプラン 128
9 パパとママと私 136
10 笑顔のためのメイク 152
11 メイクの魔法をかけたい 158
12 見たかったもの 168
13 二人の姿 175
14 柚月先輩の横顔 186
あとがき 196

おもな登場人物

百千鳥 紅桃

私立若葉総合芸術学校 1年生

誕生日／星座　3月25日／おひつじ座
好きなものは？　パパのご飯、ココア
苦手なものは？　空港、辛い物
趣味 or 特技は？　メイクノートを書くこと

世界的に有名なメイクアップアーティストを母にもつ女の子。勉強熱心で真面目ながんばり屋さん。緊張しいで、あがり性な一面がある。いつか母以上のメイクアップアーティストになるのが夢。

雀野 柚月

私立若葉総合芸術学校２年生

誕生日／星座　7月３日／かに座
好きなものは？　紅茶、祖母の手作りお菓子
苦手なものは？　寒さ
趣味 or 特技は？　イメチェン妄想

ビューティー部の部長で、将来の夢はファッションデザイナー。和服・洋服、どんなコーデも得意。着物の着付けも◎。オシャレに真剣だからこそ、軽んじる人には冷たい対応をとることも。

冬泉 政虎

私立若葉総合芸術学校１年生

誕生日／星座	１月23日／みずがめ座
好きなものは？	オムライス
苦手なものは？	お化け（内緒）
趣味 or 特技は？	パーソナルカラーの見極め

冬泉化粧品の跡取り息子。猪突猛進な自信家で、同い年の紅桃をライバルとしてロックオン。言葉がキツくて誤解されやすい一面も。恋愛にはうとく、奥手。

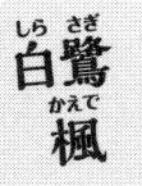

白鷺 楓

私立若葉総合芸術学校２年生

誕生日／星座	10月31日／さそり座
好きなものは？	和菓子、世界中のカワイイ
苦手なものは？	寝不足、ひと目ぼれ
趣味 or 特技は？	ホラー映画を観ること、編み物

人当たりが柔らかく、誰とでも仲良くなれちゃう女の子。紅桃にとっては、ビューティー部の頼れる優しい先輩。政虎とは幼馴染み。ヘアメイクが専門。

宇佐田 聖音

私立若葉総合芸術学校
１年生

引っ込み思案だけど、昔から歌うことが大好きな女の子。ボブカットで長い前髪が特徴だけど、それには理由がある。

プロローグ

「紅桃ちゃんも、こっちに来る？」

ママのお客さんは、いつも笑顔で手招きしてくれた。

中の様子を扉の隙間からこっそり覗いていた私は少し恥ずかしくなって、でもやっぱり嬉しくなって。

いちおう、ママの顔を見る。

その顔に「仕方ないわね。」と書いてあるのを確認してから部屋に入ると、とたんに化粧品特有の甘い香りがした。それを胸いっぱいに吸い込んで、鏡台の隣にちょこんと置かれた小さなイスに座った。

お客さんと、お仕事するママと、それからまだ五歳の私。

それでもう部屋はいっぱい。

ここは、お家の南側に造られた小さなメイクスタジオ。

名前は百千鳥メイクスタジオ。

ママの仕事場で、ママのお城だ。

「いつもすみません、この子、メイクを見るのが好きみたいで。」

「いいのよ。うちの子も小さいときはよくごっこ遊びしてたもの。小さい子だって、好きよね。メイク。」

「うん！　くるみね、ママのメイクだいすき！」

私がそう言うと、ママはにっこり笑って。

「大人しく見てるのよ。」

鏡の横に置かれた引き出しから、大きなパレットのようなものを取り出した。

絵の具を混ぜるパレットとは違うものだってことは、ちゃんと知ってる。

もっともっとカラフルな。見るだけで胸の奥がキラキラ〜ってなって、ワクワクして、キューッとなるもの。

色とりどりのメイクパレットだ。

「さて、今日はどんな色をのせましょうか。」

そう言って、ママがメイクパレットを開く。

すぐに、私とお客さんの「はぁぁ〜。」というため息が重なった。

思わず顔を見合わせると、お客さんがクスッと笑って言った。

「こんなに綺麗だと、ため息出ちゃうわよねぇ。」

ママのメイクパレットには、この世界の全部の色が詰まってる。

……と、私は思う。

「今日のお着物が綺麗な白緑だから……イメージは孔雀ね。」

「くじゃく？　動物の？　なんで？」

私が聞くと、ママがひらひらと蝶々が飛ぶみたいな手つきで筆を用意しながら答えてくれる。

「白緑っていうのは、孔雀石っていう石から取れる岩絵の具の色なのよ。孔雀石はもっと濃いグリーンだけれどね。」

「相変わらず博識ね、遥香さん。でも孔雀がイメージだなんて、ちょっと派手じゃない？」

遥香というのがママの名前。

お客さんは、鏡に映る自分の顔を見ながら「んー。」とちょっと心配そうな顔になる。

だけど大丈夫。

きっとすぐに笑顔になるはずだから。

「今日は久しぶりに夫婦でデートだっておっしゃってたじゃないですか。少しゴージャスにして驚かせちゃいましょ。」

「……でもねぇ。」

「大丈夫。ほんの少し、ちょっとだけ、ほんのり匂わせるゴージャスですから。」

「そう？」

「はい。それじゃあ目を閉じてくださいね。」

お客さんが目を閉じると、ママが親指くらいの大きさの柔らかそうな筆で瞼を撫でるように薄いブルーをのせていく。

一筆、さっと撫でるとほんのり淡いブルーが瞼をおおって。

さらに一筆、もう一筆と撫でると、淡いブルーがぱっと鮮やかに色づいた。

「ふふ、やっぱりいい色ね。肌が白くて透き通ってるからよく映えますよ。でも、もっともっと綺麗にしちゃう。」

ママはすごく楽しそうだった。

今度はさっきよりも小さな筆にキラキラ光るベージュブラウンを取って、目頭から瞼の中央まで。

反対に、深い深い緑と黒を混ぜながら目尻を塗っていく。

あっという間に瞼の中に綺麗なグラデーションが完成だ。

だけどまだ終わらない。

「最後のワンポイントでセクシーにしちゃいましょ。」

ママはちょんちょんとお水をつけた細い筆でキラキラ輝く金のアイシャドウをすくい取った。

それを、すーっと瞼の際に線のように引いていく。

真剣なママの顔に、私もちょっとだけ緊張してしまう。

ママの手は迷いなく、よどみなく、線を引いていった。

あとはアイラッシュカーラーでググッとまつげを上げて、丁寧にマスカラをつける。

これもただの黒じゃないみたい。

鏡台に取り付けられた強いライトが、ほんのり緑のまつげを照らしている。

「海松色ってところかしらね。海藻の色なんだけれどね、すこーし茶色がかっているでしょう？　目元のグラデーションとポイントの金色を上手に調和させてくれるはずよ。」

ママは歌うみたいに説明した。

私にも、お客さんにも言ってるみたいだった。

それから、ほんのり薄い桃色を頰にさっとひと塗り。唇にも薄桃色をのせた。

「さあ……目を開けてみてください。」

ママに言われて、お客さんが目を開ける。

それから鏡の中の自分の顔を見て。

「まあ……っ。」

驚いて、それからすぐに、お客さんの顔が眩しいくらいに輝くのがわかった。

お客さんの周りがまばゆくきらめいて、世界がいつもより鮮やかになる。

私はこの瞬間が何より好きだった。

ママの手でメイクをされたお客さんたちは、みんなあんな顔をする。

まるで……そう。魔法をかけられたシンデレラみたいに。

それを見るのが楽しくて、私はいつもママの仕事場にお邪魔していたんだと思う。

「はぁ〜、なんだか若返ったみたい。きっと主人も驚くわね。」

「そうですねぇ。見惚れて声が出なくなっちゃうかも。」

「どうかしらね。でも……ふふ、なんだか楽しみになってきたわ。」

お客さんはそう言って、来たときよりもずっとずーっとウキウキしながら帰っていった。

うっとりとした目が印象的だった。

なんだか見ているだけでドキドキしてしまうような、そんな目だ。

ママは幸せそうな顔でそれを見送った。

「ねえ、ママは魔法使いなの？」

「ええ？」

「だって、どんな人もママがメイクするときれいになるよ。メイクって魔法なの？」

幼い私の質問に、ママはこう答えた。

「メイクはね、技術の結晶よ。上手にできるようになるためには、練習と研究が何より大事。その結果、魔法みたいって言われるのは嬉しいけれどね。」

「私も……私もいつか魔法使いになりたい！　ママみたいなメイクの魔法使い！」

「じゃあ、たくさんお勉強しないとね。」


これが……私の原点。

メイクを覚えたいと、はっきり自覚した最初の出来事。

あれからママは街角で活躍するメイクの魔法使いから、世界中を虜にするメイクアップアーティスト・ハルカに変身した。

そんなママは私の誇りで、目標で、いつか超えたいライバルでもある。

そんなママと、並んでメイクをするのが私の夢。

だから絶対にメイクアップアーティストになりたい。
ううん、なってみせる。
そう決めて私は門を叩いた。
中高一貫・私立若葉総合芸術学校の門を――。

1 ようこそ！ ビューティー部へ

「うちの学校って、めちゃくちゃ部活多いよね。」

長い廊下を歩きながら愛ちゃんがそう言った。

彼女は、私がこの学校——中高一貫・私立若葉総合芸術学校——に入学してできた、最初のお友達だ。

といっても、出会ってまだ一週間なんだけど。

「どこに入ればいいのか、ぜんぜんわかんないよ〜。」

困ったと言わんばかりに顔を上げた愛ちゃんの手には、今日のホームルームで配られた部活一覧の小冊子が握られている。

実に百はくだらない部活の中から、私たちは自分が入る部活を決めなければならないのだ。

「愛ちゃんは美術系志望なんだよね？　やっぱり絵画とか美術史研究とか？」

「選択授業とまったく一緒になっちゃうのもな〜。いっそ運動部にしようかな！」

うちの学校は、「芸術と名のつくあらゆる分野を専門的に学ぶ」がモットーの学校だ。

さすがに中学生の間は一般科目——つまり、国語とか数学とか社会とか、普通の授業——が中心だけど、生徒はみんな希望する分野の専門的な授業を受けることができる。

愛ちゃんは美術系志望で、選択授業は当然美術を取ると言っていた。

私は言うまでもなく美容の授業を選んでいる。

他にも、音楽、舞台、文学、芸能……と、あらゆる芸術分野について学ぶことができるのが、この学校の最大の特徴。

さらに高等学校に進学すると、より専門的に究めていくことを目的に、クラスは選択科目ごとにわけられて、授業も細分化されていく。

美術だったら絵画、日本画、グラフィックアートに美術史。

美容だったらメイク、ヘアメイク、美容物理・化学、ファッションといった具合。

卒業時には必要な国家試験を受験するための単位まで取れちゃうんだ。私はもちろん、美容師免許を取得するつもり。

美容師免許っていうと髪を切る人のための資格ってイメージがあるかもしれないけれど、メイクアップアーティストにも必須の資格だからね。

いわばこの学校は、さまざまな芸術のプロを生み出すための専門の学校というわけなの。

そのせいか、部活も芸術関連の部が圧倒的に多かったりする。

「紅桃ちゃんは？　まだ決めてないなら一緒に運動部見に行ってみない？」

「ごめん。私はもう決めてあるんだ。」

そう言って、私は肩にかけたコスメボックスを愛ちゃんに見せた。

「そっか〜。」

愛ちゃんがすご〜く残念な顔をしたところで渡り廊下にさしかかった。中学生のクラスが並ぶ一号棟と、選択授業を行うための桜棟を繋ぐ廊下である。

「しょうがない。ここからは別行動だね。お互い頑張ろ！」

「うん。どうだったか、今度感想言い合おうね！」

手を振って、愛ちゃんは校舎の外へ。

それを見送って、私は桜棟へ渡り階段を上り始めた。

桜棟は地下二階から地上は屋上含めて五階まである建物で、茶道や華道を学ぶための広い和室や、完全防音の音楽室や、大きなキャンバスが壁一面に飾られている美術室や、モデルレッスンのためのスタジオや、演劇を学ぶための小さな舞台まで完備されている。

私が目指すのは三階にあるメイクスタジオ。

そこには私が部活一覧を見て、ひと目で入部を決めた部がある。

その名も「ビューティー部」！

部活の概要には、「技術向上を目指し研究を重ねながら、学校内の生徒の悩みをメイク・ヘアメイク・ファッションで解決する。」と書かれていた。

こんなに私にぴったりの部活は、他にはない。

私はそう思ったの。

きっとメイクの腕を磨き合う部員たちで華やいでいるんだろうなぁ……なんて、そんなことを考えながら階段を踏みしめた。

「わっ……。」

三階に到着すると、すぐに満開の桜が目に飛び込んできた。

今年の桜は開花がずいぶん遅かった。

長い廊下の窓を覆い尽くす勢いで咲き乱れる桜に圧倒される。

円形の中庭には桜が何本も植わっているんだけど、こんなに間近に見られるとは思っていなかったな。

ちなみに、中庭は学校のちょうど中心に存在しているらしい。

まだ入学して一週間しか経っていないし、学校全体を探索したわけでもないから実感はないんだけど、うちの学校は敷地が全体的に円形になっているのだとか。

それを真ん中あたりで西と東にわけていて、東側は中学校の敷地、西側は高校の敷地って感じにしていると最初の学校案内で聞いた。

これまた実感なんてないけど、敷地面積は東京ドーム一個分くらいあって、体育館が三つもあって、グラウンドがすごーく広くて、つまり都内屈指の広さを誇っていて、生徒数は中高合わせて約千人というマンモス校なのだそうだ。

それだけ、芸術分野を勉強したい生徒がたくさんいるということなのかもしれない。

同じ分野を目指す生徒が多いのは嬉しいことだ。

だって一緒にメイクのことを勉強したり話したりできる仲間がいるってことだからね。

膨らむ期待と、桜に元気づけられて、メイクスタジオと書かれた部屋の前へ。

すぐに中からザワザワとたくさんの人の声が聞こえてきた。

入部希望者がいっぱいいるってことなのかな。

ドキドキとワクワクに、私は緊張しながら部屋の扉を開けようとした……そのときだ。

ガラッ――――！

突然扉が勢いよく開いたと思ったら、中からドドドッ……と、人があふれ出てきた。

え、え、えっ？

雪崩でも起きたのかとびっくりするくらいの勢いに、私はすっかり気圧されて廊下の窓際ギリギリへ追いやられてしまう。

何が起きたのかとよく見てみると、なんてことはない。

たくさんの女子生徒たちが部屋を出てくるところに、かち合ってしまったらしい。

人数はざっと見た感じ、十五、六人くらいはいそうだ。

みんな、なぜか怒ったようなガッカリしたような顔をして「なによもう～。」「ぜんぜんイメージと違う～。」などと言い合いながら階段に向かっていった。

いったい何があったの？

不思議に思った私だけど、原因はすぐにわかった。

「いったいビューティー部をなんだと思ってるんだ……！」

ピリリと鋭く冷たい声に思わずビクッとする。

開け放たれた扉の奥に男子生徒が立っている。

遠目にパッと見ただけでわかる。すごく綺麗な顔をしている男子生徒だ。

髪は栗色で、瞳も肌も色素が薄くて、どこか中性的。だけど目はキリッとしていて、鼻筋が通っていて、凜々しさもある。そして背も高そう。

二年生か三年生か、先輩であることは間違いなさそうだ。

思わず見入ってしまった。だって、こんなに綺麗でカッコいい男の人を、私はこれまでの人生の中で見たことがなかったから。

「ん……？」

その先輩が、こっちを見た！

というより、ジロリと厳しい視線を浴びせられてしまったようだ。

かと思ったらツカツカと扉まで歩いてきて……？

「君も、さっきの子たちのお仲間かな？」

「えっ？」

「だったら無駄だよ。真剣にやる気のない部員を入れる気はないからね。」

「えっと、あのっ。」

「ほら、もう帰って。部活の邪魔をされると困るんだ。」

なんだかわからないけど、この先輩、私を中に入れる気がないみたい。

だけどそんなの絶対困る。

私はどうしてもビューティー部に入りたいんだから。

慌ててかけ寄り、目の前で閉じられそうになった扉を、えいっとつかんで、私は必死に言った。

「あのっ、私、真剣です！　真剣にメイクを勉強したくて。それで。」

ああもう、うまく言葉が出てこない。

小学校のときの上級生ってもっと優しいイメージだったけど、中学校に上がって先輩って名前がつくと怖い存在になるものなの？

それくらい、先輩の目は怖かった。

かと思っていたら。

「そのバッグ……もしかしてコスメボックス？」

今度は、先輩の視線が私の肩にかけられたコスメボックスに注がれて……？

「は、はい。必要かなって思って。まだまだ少ないですけど……でも、私の大事な道具……いえ、パ、パートナー……です。」

私がそう言うと。

「そっか、君は本気でメイクやってる子だ。」

先輩の表情が打って変わって柔らかくなる。

「追い出そうとしてごめんね。歓迎するよ。ようこそ！　ビューティー部へ。」

先輩の綺麗な顔がますますキラキラしたように見えて、少しだけ心臓がきゅっとした。

そこへ。

「いいから早く入れてあげなよぉ。話はそれからでしょ。」

ふわふわ柔らかい声と共に、これまたすっごく綺麗な女の人がにゅっと顔を見せた。

金髪とも銀髪とも言えない髪色が、太陽の光を受けてキラキラ光る。

知ってる。これはプラチナブロンドという色だ。

しかもそれをツインのお団子にしていて、ものすごくかわいい。

瞳は薄いヘーゼルの色。ママだったらたぶん亜麻色ねって言うと思う。

ニコニコ優しい笑みは、

「お砂糖みたい……。」

「え？」

「あっ……あのっ、いえ……お、お砂糖の精みたいだなって……。」

思ったことが無意識に口からこぼれていたみたいで、急に恥ずかしさがこみ上げた。

するとプラチナブロンドの先輩は。

「かーわいーい！」

「わっ⁉」

ふわぁっと甘い香りがしたかと思ったら、むぎゅっと抱きしめられていて。

ママ以外の女の人に抱きしめられるなんて初めてで、やっぱりドキドキしてしまう。

「あああ、あのっ……！」

「やめなさい、楓。困ってるじゃないか。」

「だってかわいいんだものぉ。」

「いいから離れなさい。」

私からプラチナブロンドの先輩を引きはがして、栗色の髪の先輩が微笑んだ。

「さ、どうぞ中へ。」

「しっ、失礼します……！」

あんまり笑顔がキラキラしているから、声がひっくりかえっちゃったよ。

ともかく――私はようやくメイクスタジオへと足を踏み入れた。

「改めて紹介するよ。僕はビューティー部の部長で二年の雀野柚月。専門はファッション全般。こっちは、同じ二年でヘアメイク専門の白鷺楓だ。」

「よろしくね。楓って呼んでね。」

「僕のことも柚月でかまわないよ。」

「柚月先輩と……楓先輩……。」

先輩呼びってなんだか新鮮。

そんなことに感動していると、楓先輩がぐーっと身を乗り出して聞いてきた。

「それで、新入生ちゃんのお名前は？」

「いっ、一年四組、百千鳥紅桃です！　専門は美容で、メイクアップアーティスト志望です！」

「あらぁ、じゃあちょうどよかったじゃない。」

楓先輩がぱちんと手を合わせると、柚月先輩がうんと頷いた。

「今、うちの部にはメイクを担当する部員がいないからね。」

そうなんだ。じゃあ、メイク担当の部員は私だけ……。

「えっ、メイク担当は私だけなんですか!?」

「そうなのよぉ。今の二年と三年ってね、美容系を選択している生徒が例年より少ないみたいで。」

「先輩の代にはメイクをする人は……誰もいなかったんですか？」

メイクってあんまり人気ないの？

だとしたらちょっと悲しい。

「いや、部を発足させた子がずっと担当してたよ。僕たちと同じ二年生でね。」

「その人は今どこに……？」

「凜ちゃんは今、留学中でいないの。だからメイク担当は絶対に欲しいねって言ってたのよ。なのに、柚月が入部希望の新入生をかたっぱしから追い出しちゃうからぁ。」

「自分がメイク〝されたい〟なんて動機で入られても困るだけじゃないか。」

なるほど、だからさっきは女子生徒たちを追い出してたんだと納得。

たぶん、彼女たちの目的はそれだけじゃなかったんだろうけど……。

「でも君……紅桃くんは本当にメイクを学びたい者だとわかったからね。これから、うちの部のメイク担当として一緒に頑張ってくれると嬉しい。」

本音を言えば、ちょっとだけがっかりだ。

できれば私よりも技術のある先輩にメイクのことを習ってみたかったし、同学年の仲間とああじゃないこうじゃないって、メイク談義に花を咲かせてもみたかった。

今まで周りに同じくメイクを志す友達とか知り合いがほとんどいなかったから。

さっき楓先輩が言った、凛先輩って人のことも気になる。

部を発足させてしまうくらいなんだから、さぞメイクが好きに違いないもの。

けれど、同じくらいホッとする自分もいたりする。

他にメイクを担当する人がいないなら、あんまり緊張せずにすむかもしれない。

柚月先輩はメイクを軽んじる者には厳しいみたいだけれど、基本は優しいみたいだし。

楓先輩は急に抱き着いてきたりしてビックリしたけど、ふわふわ優しくてとっても綺麗で見ているだけで心がほわほわしちゃうし。

そもそも入部しないなんて選択をするわけもなく。

「まだまだ未熟者ですが……よろしくお願いします……っ。」

私は頭を下げていた。

これから始まる楽しい部活動に想いを馳せて、前を向いた。

その矢先のことだ。

「失礼する！　ここがビューティー部で間違いないか？」

ガラピッシャン！

けたたましい音を立てて扉が開いたと思ったら、男子生徒が入ってきた。

背は私よりちょっと高いくらい。

髪がすこーしツンツンしてて、不敵な笑みを浮かべる男の子だ。

真っすぐな眉毛のせいか、なんだか気が強そうっていうのが私の第一印象で。

「一年一組、冬泉政虎！　メイクアップアーティストとしてビューティー部のエースになるため、馳せ参じた！」

なんでそんなに大きな声を出すの!?　が、次の印象。

あと、馳せ参じたって……パパがときどき見ている時代劇でしか聞いたことないよ。

でもメイクアップアーティストとしてエースになるってことは……。

「ん？　おい、そこの……君も一年か。見たところ、メイク志望のようだな？」

「えっ、うん。えっと、そうだけど。」

「なるほど。面白い……俺のライバルになるというわけか。」

ん？　ライバル……？

「いいだろう。どちらがこの部にふさわしいメイクアップアーティストなのか……勝負だ！」

えええええ～!?

なんで、どうして？　急に勝負だなんてぜんぜん意味がわからない。

同じメイクを志す「お友達」になるんだと思ったのに、いきなりライバル認定!?

こんなふうにいきなりケンカをふっかけられるとは思ってもみなかった。

どう返事をすればいいかわからないよ。

そんな私の反応を見てなのか、ますます彼は。

「言葉も出ないか。そうだろう。何せ俺は、天下の冬泉化粧品の跡取り息子。俺以上に

ビューティー部にふさわしい者もいないからな。はーっはっはっは！」

すっごい自信……。

でも、冬泉化粧品なら私も知ってる。本当に有名な、大きな会社だ。その息子なら自信があるのも当然だと思う……！

そんな相手と勝負だなんて。

固まっている私を見て、柚月先輩はニッコリ笑った。

「それじゃあ、してもらおうか。勝負。入部テストってことで。」

うそっ、先輩まで……！

てっきり止めてくれるかと思ったのに。

「二人の実力を知るいい機会だからね。あまり気負わず頑張って。」

そんな～……！

こうして決まったメイク勝負に、私は否応なく巻き込まれることになってしまったの。

2　入部テストは突然に

「よろしくお願いしまーす♪」

そう言って部室にやってきたのは、モデル志望だという二人の女子生徒だ。

幼馴染みで、ペアでモデル活動を目指している綺羅々先輩と月夢先輩。

楓先輩と同じクラスの生徒で、今日は部活がお休みなんだって。

二人でファッション雑誌を見ながらモデルのポージングについて熱く語っていたところを、楓先輩が捕捉してきたとのことだ。

なんで彼女たちを連れてきたかっていうと、それは私と冬泉くんのメイク勝負のため。

メイクのモデルになってもらうためってこと。

そうです。

あのあと私は、結局何ひとつ抗議できないまま、あれよあれよと今を迎えているの。

こんなに急にメイクをすることになるだなんて。

ちょっと胃が痛くなってきちゃったよ。

そんな私とは正反対に、冬泉くんはやる気満々といったご様子。

「メイクの冬泉政虎だ。協力に感謝する！」

なんて言って、スマートに手を差し出したりして。

先輩相手にもまったく緊張していないみたい。

「で、どっちがどっちをメイクすればいいんだ？」

「そうだな……紅桃くん、何か希望はあるかい？」

「えっ、あの……。」

そんなにポンポン話を進められてもついていけないのに。

「特にないなら俺から選ぶぞ。」

「えっと……。」

「なんだ？　言いたいことがあるならはっきり言え。」

「ご、ごめんなさい。」

腕を組んでふんぞり返る冬泉くんがちょっと怖くて、思わず謝ってしまった。

すると。

「こーら、紅桃ちゃんを怖がらせるんじゃないの。」

「いてっ！」

何を思ったのか、楓先輩が急に冬泉くんのおでこをパチンッて、指で弾いたの！

そんなことして大丈夫……？　冬泉くん、すごく怒ったらどうしよう……。

私は心配になったけど、そんなことにはならなかった。

「べっ、べつに怖がらせようとしたわけじゃない！」

「だったらなおさらでしょお。政虎はただでさえ顔が怖いって誤解されやすいんだから。」

「って、楓！　頭をなでるな！」

「だって私のほうがお姉さんだもの～。」

「一歳しか違わないじゃないか！」

あれあれ。

楓先輩と冬泉くんって、もしかして知り合い？　すっごく仲が良さそう。

というか、冬泉くんが楓先輩に転がされているみたい……？

そんな二人を見ていたら、少しだけ冬泉くんへの怖いって気持ちが小さくなった。

「二人ともそのへんで。モデルさんをお待たせしてるからね。」

「早くメイクされたーい！」

「せっかくだから、メイクのあとはお買い物行っちゃえって言ってたんだよねー♪」

「ねー♪」

綺羅々先輩と月夢先輩が手を取り合ってポーズをとる。

どんなときでもモデルなんだ……なんて、私はトンチンカンなことを考えていた。

結局、二人のどちらをどっちがメイクするのかはじゃんけんで決めることになった。

私はくりくりの大きな目と白い肌が印象的な、ウサギ系愛され女子感満載の綺羅々先輩。

冬泉くんは切れ長の色っぽい目と艶々ロングの黒髪が目を惹く、ネコ系小悪魔女子って感じの月夢先輩。

私たちのメイク勝負はさっそく始まった。

「よろしくね、紅桃ちゃん。誰かにメイクしてもらうの久しぶりだから楽しみー♪」

「はっ、はいっ。よろしくお願いします！」

鏡の中の綺羅々先輩と目が合って、私はカッと体が熱くなった気がした。

だって、いかにも楽しそうに笑う先輩があまりにもかわいかったから。

ただ座っているだけなのに、スッと伸びた姿勢が綺麗で、スタイルの良さがわかる。

鏡越しに見ただけでも、お肌の透き通った感じとか、キメの細かさが伝わってくる。

きっと毎日スキンケアに力を入れているに違いない。

今はほんのうすーくメイクをしてるみたい。たぶん、日焼け止め効果のある下地を塗って、パウダーをのせてる程度……かな？

だからといって手を抜いてるって感じはしない。眉毛のアーチは綺麗だし、頰もほんのり桃色に色づいて輝いている。

つまり綺羅々先輩は化粧慣れもしているってこと。

そんな相手に私がさっそくメイクをするの？

うう……どうしよう。すごくすごく緊張しちゃう。

「どうかした？」

「いっ、いえ……えっと、ま、まずは、一度メイクを落としますね。」

「はーい♪」

綺羅々先輩の声色からは、私への期待みたいなものが感じられた。

ふ、ふき取りクレンジングどこだっけ……？

メイクに必要な道具は、全て室内に揃ってるって柚月先輩から聞いたけど、見る限り今使っているの鏡台のテーブルにはないみたい。

普通の化粧水と乳液と、あとはベースメイク用品とポイントメイクのカラフルなコンパクトがずらり。

どうしよう。まずは化粧を落とさなきゃ始まらないのに。

慌てて周囲をキョロキョロする私。

今さらながら、部室の中がどうなってるのかが目に入ってきた。

私と冬泉くんが並んでいるのは、言わずもがなメイクコーナーである。

鏡台が向かい合うように全部で十台も並んでいるエリアだ。

鏡自体にライトが取りつけられているけれど、よりしっかり肌の状態が見えるように強めのライトが天井にも設置されている。

その隣にはズラズラズラ〜っと並ぶラックエリア。

和装・洋装・各国の民族衣装まで、いろんな衣装が掛かっているみたい。

簡易だけど更衣室もあるのが見えた。

部活でこんな設備を使えるなんて、本当に贅沢。さすがは芸術専門の学校だなって実感してしまった。

そんなことを考えていると。

「ねえ、まーだー？」

綺羅々先輩が唇を尖らせてこちらを見ていた。

「す、すみません……！」

さっきよりも、もっともっと慌ててしまう私。

しかも。

「すごーい、政虎くんマッサージ上手なんだねぇ。」

「メイク前のハンドマッサージは重要ですから。俺は五歳のときから、この技を修練しているんです。」

「ふふ、メイクも期待できそ。」

隣の冬泉くんは、もうすっかり月夢先輩のメイクを落として化粧水で整えて、今はお肌のハンドマッサージに入っているところだった。

月夢先輩は完全にリラックスした様子で、冬泉くんに身を委ねている。

ふき取りクレンジングは、彼の鏡台に置いてあったみたい。

借りるねって手を伸ばす？

ああでも、あの空気を邪魔するなんてできそうにないよ。

冬泉くんは早くも次の工程に取りかかっていた。

ハンドプレスで優しく乳液をなじませて、それから下地を指先で丁寧に伸ばして、それが終わったらスポンジでトトト……と、細かく叩き込んでいく。

う、うまい……！

堂々とした指使いと手際の良さに、私はちょっとだけママを思い出していた。

こんなふうに見てる場合じゃないのに目が離せない……！

「うっそ、月夢もうアイメイクに入ってるじゃ〜ん！　私もメイクされたいよう！」

「い、今やります！」

またまた綺羅々先輩に急かされてしまった。

私はすぐに冬泉くんの鏡台からふき取りクレンジングを取って、中身をコットンに出した。

トロリと粘度のある液体がコットンに染み込んでいく。それを確認してから、コットンを中指と薬指の上に置いて人差し指と小指で挟むように固定。

あとは綺羅々先輩の肌を優しく拭うだけ……！

なのに。

「ちょ、ちょっと、大丈夫？　手、震えてるよ!?」

「……ごめんなさい。私、緊張して……。」

綺羅々先輩の困った顔が鏡の中に浮かび上がるのを見て、私の手の震えはますます激し

くなっていった。

そうこうしている間にも、冬泉くんはどんどんメイクを進めていく。

一度だけ、こちらをチラリとうかがう彼と目が合った。

フッと笑う冬泉くんの目は、「よくそれでメイクアップアーティストだなんて名乗れるな。」と呆れているかのように見えた。

とたんに頭の中で声がした。

『くるみちゃん、へたくそ！』

やだ……やだ、やだ……！

どうしてこんなときに思い出しちゃうの！

頭の中に浮かんできたのは六歳の夏の記憶。封印したくてたまらない、大っ嫌いな記憶だ。

この記憶のせいで、私はすっかりあがり性になってしまったんだ。

誰かにメイクをしようとすると、死ぬほど緊張して手が震えるの。

もし失敗したら。ママみたいにできなかったら。気に入ってもらえなかったら。

あのときみたいに「へた」って言われてしまったら……！

怖くて怖くてたまらない。

だけど、このままじゃダメだと思ったから。あがり性を克服したいから。あの記憶を拭いたいから。そのためにもビューティー部に入ろうって思ったのに。

蓋をしなきゃと思うのに、耳元でささやかれるみたいに繰り返し声が聞こえてきた。

そしたら、だんだん息がしづらくなってきて。

「はっ……はぁっ……。」

苦しい、苦しい。

ついにはどんどん視界が狭くなってきてしまう。

どうしよう、もう無理。

手足に力が入らなくて、何も見えなくなりそうで、倒れるかと思った……そのときだ。

「紅桃くん、落ち着いて。」

息を止めて体をぎゅーっと縮めていた私は、穏やかな声にハッとして振り返った。

気づけば、柚月先輩が目の前に立っていた。

その目はすごく静かで穏やかで、とても優しかった。

それを見たら、ようやく少しだけ息ができた。

同時にものすごく申し訳ない気持ちが押し寄せてきた。

「あ、あの……ごめんなさい、私……。」

ひどく迷惑をかけたんじゃないかって、背中が冷たくなった。

なのに、手だけが温かくなった。急に。

不思議に思って視線を落とすと、私の手を包み込む柚月先輩の手が目に入った。

私、柚月先輩に手を握られてる……!?

「緊張して指先が冷たくなってしまっているね。」

「あ、あの……先輩……。」

「紅桃くんは緊張しいなんだ。」

「……は、はい。」

こくりと頷く私に、先輩は怒りもガッカリもせず、冷たい目を向けることもなく、本当にふわりと目を細めた。

柚月先輩の綺麗な顔がキラキラ輝いて、心臓がドックンと大きく音を立てた気がした。

「大丈夫、紅桃くんはこれまでたくさんメイクを練習してきたんだろう?」

「え……。」

そうだけど、どうしてそうだって思ってくれるんだろう?

「今は突然のことで驚いているだけだよ。彼女を、鏡だと思ってみて。鏡の中の自分をしっかり見つめてメイクするように……彼女のこともしっかり見てあげて。」

「自分に……メイクするみたいに……?」

そんなことできるんだろうか。

私の不安を見透かしたように、柚月先輩は続けた。

「紅桃くんならできるはずだよ。だって君はもう、彼女の良さをいくつも見つけているはずだからね。」

もう一度、柚月先輩は包んだ私の手をぎゅっとした。

その瞬間、心臓のあたりがポッと温かくなって、トクントクンと心臓の音が速くなって、指先までぐわーって血が通った気がして……!

「私……頑張ります！」

私は綺羅々先輩に向き直った。

柚月先輩の言うとおり、綺羅々先輩のいいところはもう何個も見つけてる。

肌のキメが細かくて透き通るように白い。それに目はぱっちり大きくて、くっきり二重。

だからベタベタたくさん塗る必要も、派手にしすぎる必要もない。

「お待たせしました。今度こそ……よろしくお願いします、綺羅々先輩！」

「おっ、紅桃ちゃん復活だね〜。楽しみだぁ♪」

私はすぐに肌のコンディションの調整に取りかかった。

ベースメイクを落として、ゆっくり化粧水を浸透させて、最後は乳液で蓋をする。

下地はしっかり日焼け止め効果のあるものを選んで、コントロールカラーと混ぜた。先輩の肌は本当にすごく白いから、ほんのり血色が出るようにピンクを選んだの。

塗った瞬間、先輩の顔がパッと輝くのがわかって、嬉しくなった。

それを見たら少し残っていた震えがピタリと止まるのがわかった。

柚月先輩にもらった言葉と胸に宿った小さな灯が、どんどん大きくなった気がした。

トクントクン鳴っていた心臓が、力強く鼓動するのがわかった。

光を反射する粒子の細かいパウダーを顔全体にはたいたら、次は眉毛を薄めに描いて、
アイメイクはピンク系の淡めカラーで統一！

イメージは、桜の妖精ってところかな。

ああ、イメージが固まってきたとたん、なんだか楽しくなってきちゃった。

溶け出しちゃいそうな透明感がほしかったから、あえてアイラインは引きすぎず濃い茶色で自然に。

アイラッシュカーラーでくるんと上げたまつげには、たっぷりのマスカラを。ただし黒だと妖精の透明感を邪魔しちゃうから、こっちもあえて深めのブラウンで。

最後はじゅわっと内側から発色するみたいなピーチピンクのリップを塗って……。

「桜の妖精メイク……完成です！」

「わ……うっそ、これ私？　えー、すっごいかわいい〜〜〜！」

夢中で鏡を覗き込む綺羅々先輩が幸せそうに表情を緩めるのを見て、私は心からほっと

して、嬉しくなった。

この顔が見たくて、メイクアップアーティストを目指すって決めたんだもの。

もし……もしこれで冬泉くんとの勝負に負けても、つまり入部テストに不合格だったとしても後悔なんて何もない。

冬泉くんが月夢先輩に施したメイクは、悔しさなんて吹っ飛んじゃうくらいすごく素敵だった。

先輩の切れ長の目を活かした大人っぽいメイクには、ため息が出たくらいだもん。

まるで冬の女王様だ。

月夢先輩自身、自分の姿にうっとりと見惚れているのが印象的だった。

欲を言えば冬泉くんのメイクテクを知りたかったけれど、これは完敗かなぁ……。

でも仕方ないよね。

そう思ったんだけど……。

「ふ、二人とも合格ってどういうことだ!?　入部テストだったんじゃないのか！」

「どうもこうも……僕は入部テストってことでとは言ったけれど、それは単純に君たちの実力を知りたかっただけで、入部をかけるとは言ってないからね。」

「ふふっ、よろしくねぇ。紅桃ちゃん。」

楓先輩にぎゅーっとされて、私はようやく自分も「合格したんだ。」って実感がわいてきた。

「よ、よかったですぅ……。」

なんだか体中から力が抜けちゃいそうだよ。

そんな私を見て、冬泉くんはちょっと納得がいかないって顔をしていた。

「ふん……まあいい。これから嫌というほど俺の実力を教えてやるからな。覚悟しておけよ、紅桃！」

え、えええ……呼び捨てだし、敵対視されてるし。

「えっと……よろしくね。冬泉……くん？」

「政虎と呼べ。仮にも同じ部の仲間だ。」

「じゃあ……政虎くん。」

まだまだ前途多難そうだけど、念願のビューティー部への入部がなんとか決まったようです。

3　最近のルーティンとお悩み

「くっるみ、ちゃーん！　今日、ちょっと寄り道しない？」

帰りのホームルームが終わるなり、前の席に座っている愛ちゃんが振り向いた。

「私さぁ、ずーっと気になってたお店があるんだよねぇ。季節限定の桜シェイクが大人気なんだって～。」

愛ちゃんのお誘いはとっても魅力的。

だけど、私はこの甘い誘惑を断らなくちゃならないの。

「ごめん！　今日も部活なんだ！　だから寄り道はまた今度。」

「ええ～！　入部してから二週間毎日じゃん。さすがに多すぎない？」

「そうなんだけど……でも、無理やりやってるわけじゃなくて。やっぱり楽しいから。」

「……そっか。紅桃ちゃんは本当にメイクが好きなんだね。」

「ううっ、眩しい……！　いいなぁ、楽しそうで。」

「うん。大好き！」

愛ちゃんは大きなため息をついていた。

どうやら入部したテニス部が思った以上にスパルタで、さっそくめげているんだって。

こんなことなら大人しく美術部に入ればよかったーって、入部した次の日に涙目になってたのはいい思い出かな。

それでも、週に三回しかないからって理由で続けてるみたいだけど。

「部活もいいけど、たまには私にも付き合ってよね。」

「もちろんだよ。あっ、もう行かなきゃ！　また明日ね！」

机の両脇にかけておいた学校のカバンと、自前のメイクボックスをひっつかんで、私は教室を飛び出した。

早く桜棟のメイクスタジオに行かなくちゃ。

だって急がないと……。

「遅いぞ、紅桃！　何をモタモタしていたんだ！」

「これでも急いだの。仕方ないじゃん。一組の政虎くんと違って、私は四組なんだよ？　教室が遠いんだもん。」

「いいから早く掃除を手伝え。」

もう、人の話なんてぜんぜん聞いてないんだから。

私は教室の隅にあるロッカーからホウキを取り出して、掃除を始めた。

部室になってるメイクスタジオは、普通の教室の二倍の広さがある。

だから手早くやらないと、いつまで経っても掃除が終わらないのはよくわかっている。

あらかた床を掃き終わったら、次は鏡台まわりだ。

こっちは清潔な布を使って、丁寧に拭き掃除をしていく。

鏡がピカピカになると気分がいいからね。絶対に手は抜けないところだと思ってるよ。

「それにしても……ちょっと意外だったかも。」

鏡台を拭き上げながら私がつぶやくと、隣の鏡台をやっぱり丁寧に磨いていた政虎くんが手を止めずに言った。

「俺が掃除をしてるのが、か？」

「なんでわかったの!?」

見事に言い当てられて、ちょっとドッキリな私。

「顔に書いてあったぞ。金持ちのお坊ちゃまなのに、掃除とかするんだ〜って。」

「う……。」

あまりにも図星です。

「で、でも、その……他意はないっていうか、純粋な疑問っていうか。」

あと、政虎くんってちょっと偉そうなんだもん。

……とは言わないでおくことにした。

「ふん、どう思われてもいいけどな。けど、メイクスタジオは美しくなるための場所だろ？　それを綺麗に保つのはメイクアップアーティストの仕事の一環だろ。」

「……それはわかるかも。」

私がそう言うと、政虎くんはようやく手を止めてこっちを向いた。

それこそ、ちょっと意外そうな。そんな顔をしていたと思う。

「私のお家ってね、小さなメイクスタジオがあるんだ。そこでママが街の人たちにメイクをしてて。ママも毎日メイクスタジオを綺麗にしてたから。」

「……わかってるなら、ライトの拭き漏れなんて残すなよ。」

「えっ、ごめん。どこどこ？」

「まったく、そんなことでは俺のライバルになろうなんて百万年早い！　そのうち実力の差に泣くことになるだろうな。」

ひどい。何もそこまで言わなくたっていいのに。

でも、私は言い返せなかったの。

だって、私なんかより政虎くんのほうが技術も知識もいっぱい持っているのは、この二週間ですでに嫌ってほど見せつけられたんだもん。

悔しいけど、私は黙るしかなかった。

そこへ。

「ま、さ、と、ら、くーん？　また紅桃ちゃんをイジメてたのかなぁ？」

「げっ、楓……！」

「二人とも早いね。いつも掃除してくれてありがとう。」

「柚月先輩も……！　お、お疲れ様です！」

楓先輩と柚月先輩がそろってやってきた。

二人は同じクラスなんだって。

「政虎のさぁ、向上心が強いところも自信たっぷりなところも、お姉さんはいいと思うよぉ？　でもね、私のかわいい紅桃ちゃんを目の敵にして、いらないこと言うのはいただけないぞぉ。」

「血が繋がっているわけでもあるまいに、何を姉貴ぶっているんだか。だいたい紅桃も、『私の』なんて勝手なことを言われてなぜ反論しない。」

「あ、あはは……。」

「やっとできた後輩だもの。かわいがるに決まってるでしょお。ね、紅桃ちゃん。」

言ってるそばから、楓先輩が私をぎゅっとした。

最初はビックリしたこのボディタッチにも、だんだん慣れてきていたりする。

「忠告しておくぞ、紅桃。嫌なものは嫌と言え。でないと、こいつの場合エスカレートする一方だからな。」

「えっ、そうなの……？」

「変なこと言わないでよぉ。私はただ、かわいい紅桃ちゃんを愛でたいだけなんだから。政虎こそ紅桃ちゃんにいちいち絡むのはやめたほうがいいわよぉ。器の小ささがだだ洩れちゃってる。」

「なっ……!?　おおお、俺は次期冬泉化粧品の社長だぞ！　器が小さいとは失礼な！」

「そうやってすぐ怒るのは図星だねぇ。」

と、今度は政虎くんの頭をポンポンする楓先輩。

政虎くんはあれをやられると「むぐぐ。」と口を真一文字にして黙っちゃうんだよね。

「楓も政虎くんもそこまでにしようね。ビューティー部を訪ねてくる人に、ケンカしている姿なんて見せられないだろう。」

柚月先輩の声掛けで、ようやく楓先輩と政虎くんのやり取りに終止符が打たれた。

政虎くんが私に何か言って、それを楓先輩が止めて、二人の張り合いみたいな感じになったのを柚月先輩が止める――というのが最近のルーティンになりつつある。

本気でケンカをしているわけではないんだけれど、柚月先輩が止めてくれると、私はなんだかホッとした。

けど、同時に困ってもいたの。

「紅桃くんは、少しは言い返してもいいと思うけどね。」

柚月先輩がこっちを見て、優しく微笑んで、声をかけてくれた。

なのに。

「は、はい……頑張り……ます。」

私は慌てて目を逸らして、先輩を視界から追い出すのに必死だった。

そうしないと、胸がドキンッて音を立てて、顔が熱くなって、脳みそがグラグラしちゃいそうになるんだもの。

先輩はただ、部員で後輩の私に優しくしてくれているだけなのに。

「紅桃くん？　どうかした？」

「ななな、なんでもないです……！」

早く収まれ。収まれ〜。

政虎くんとの勝負中に先輩に手を握られてから、私の心臓はちょっと変なんだ。先輩の声を聞くと、顔を見ると、微笑まれるとドキドキしちゃって。自分じゃ、止められなくなっちゃうの。

こんなふうにドキドキしてるって先輩にバレたらダメなのに。

もしもバレたりしたら……。

「あのぉ、すみませ～ん。ここが噂のビューティー部ですか～？」

柚月先輩に顔が赤いのを見られないように必死に手であおいでいると、メイクスタジオの扉を開けて女子生徒が一人やってきた。

「私、入部したいんですけど～。」

そう言って、中に入ってくる彼女の視線は、完全に柚月先輩をロックオンしている。

その目が、キラキラキラ～って光を放っていた。

頬はピンクに染まっているし、口角は嬉しそうに上がっている。

間違いなく、柚月先輩のことが好きだって顔をしている。

そんな女子生徒を見るなり、柚月先輩は。

「へえ……君、何ができるの？」

ま、真顔……。

さっきまでの微笑みはどこかへ消え去り、なんていうかもう……氷点下としか言えない冷たい表情になっていた。

「私ぃ、メイクが好きで〜。」

「するのが、かな？」

「それも好きなんですけどぉ、柚月先輩みたいにカッコいい人にされたいっていうか〜。」

「うちのメイク担当は僕ではありませんが。」

ついに先輩の口調が敬語に……。

それでも女子生徒はめげない様子で。

「で、でも〜、メイクとかファッションとかについて語り合いたいなぁって〜。」

「ならばまずは、そのしわくちゃのシャツをどうにかするところから始めたらいかがです。美を追求する者とは、とても思えませんが。」

「つっ……な、なによ〜！」

彼女は真っ赤になって逃げていった。

ちょっとかわいそうな気もするけれど、柚月先輩にかかったら、ああなるのは仕方ない話なんだよね。

「まったく、ビューティー部をなんだと思っているんだ。」

先輩は入部志望が「不純な不届き者」を絶対に許したりしないから。

だから私も悩むことになっちゃったの……！

もしも先輩にドキドキしているのがバレたら、もしかしたら退部させられちゃうかもしれないじゃない。

それは絶対に嫌だもの。

ずっとママに憧れていて、メイクアップアーティストになろうと決めた私にとって、あがり性で人にメイクができないのは致命的な弱点だった。

けれど柚月先輩のおかげで、部室内ではあがり性を克服できた。

これからもここで、私はメイクを勉強したいし、腕を振るいたい。

「さあ、今日も技術向上を目指し研究を重ねながら、学校内の生徒の悩みをメイク・ヘアメイク・ファッションという——トータルビューティーで解決していこう。」

「ふふ、今日もたくさんの女の子をかわいくしちゃいましょうねぇ。」

「腕が鳴るな。」

「わ、私も……頑張ります……っ。」

柚月先輩が口にしたモットーは、私にとっても理想とする美容の在り方そのものだ。

このドキドキは隠して部活動に集中しなくっちゃ。

そう思って頑張ることにしたんだけど、私の抱える問題はそれだけじゃなかったの。

4　私の抱える問題点

「こんにちは、政虎くんいる？」

「ん……ああ、中川先輩ですか。」

「あっ、いた～。よかった～、またメイクお願いできる？　ちょっと急ぎめで。」

「もちろんです。今日も撮影用のメイクでいいんですか？」

「うん、モノクロの撮影なんだけどね。」

「なるほど……なら色味を抑えて、陰影が立つように作りましょうか。」

「よろしくね～。」

ビューティー部に入部してから三週間目。

今日も政虎くんのメイクを求めて、やってくるリピーターは絶えない。

「すいません～、あっ、政虎くんメイク中か～。出直したほうがいい？」

「いや、二十分で終わる。中で待っててください。楓、中川先輩のメイクが仕上がったら髪を頼むぞ。」

「了解だよぉ。メイクを見てだけど、タイトな感じで考えておくねぇ。」

こんなふうに、気づけば政虎くんのメイクを求めて待ちが発生することだって珍しくはなかった。

対する私はといえば。

「完成です。仕上がり……どうでしょうか。」

「……あー、うん。」

「何かイメージと違ってましたか？」

「そんなことないよ。かわいいと……思う。百千鳥さんだっけ？　ありがとね。」

「いえ、もしよかったらまた――。」

「あっ、ごめんちょっと……雀野くん！　衣装の相談があるんだけどいいかな。」

「もしかして次のピアノ発表会のですか？　もちろん僕でよければ相談に乗らせていただきます。まずは発表曲をうかがいましょうか。」

話を遮られちゃった。

メイクの仕上がりは問題ない……はず。

クレームがついたことだってない。

ちゃんと「かわいい」って言葉ももらっている。

なのに……どうしてもリピーターがつかなかったの。

それに、メイクを終えたあとの彼女の顔がどこか暗く見えた気がした。

その理由が私にはちっともわからなかったんだけど……。


「みんな、今週もお疲れ様。少し反省会をしてから解散にしようか。」

この日は土曜日で、いつもより少しだけ早めにメイクスタジオを閉めたあと、私たちは柚月先輩の進行のもと、反省会を行っていた。

「まず政虎くん、今日も本当にお疲れ様。君のメイクはすごく評判がいいね。細かい相談にも乗ってくれると、あとからお礼を言われることも多いよ。部長としても鼻が高い。」

「ふっ……これくらいは当然のことだ。」

政虎くんの鼻がにゅーんと伸びる幻覚が見えそうだ。

でも、それに見合うだけの結果を実際に出しているのは本当なんだよね。

「楓も忙しい週だったね。モデル科の発表会が近いから、来週の後半くらいからまたバタバタすると思うけど、引き続きよろしく頼むよ。」

「はいはーい。みんなをキラキラさせちゃうの、ほんと楽しいよねぇ。」

私から見ても、楓先輩の忙しさはすさまじかったと思う。それこそ、嵐が通ったのかって思うくらいてんてこ舞いだった。

だけど、ちっとも「大変」って顔はしないんだよね。楓先輩はいつもお砂糖みたいな甘い笑顔で生徒の髪に触れて、みんなの笑顔もお砂糖みたいに溶かすんだから。

それに比べて私は……。

「紅桃くんは……。」

柚月先輩に名前を呼ばれてビクッとした。

何を言われるんだろうって怖くなっちゃったんだ。

だけど先輩は。

「いつも丁寧に相談者に対応してくれているね。君のいいところだよ。」

優しい声でそう言ってくれたの。

優しいのに私は悲しくなった。

なんだか「それ以外に誉めるところがない。」って言われている気分になったから。

明るい顔で「ありがとうございます。」なんてとても言えないよ。

座ったまま、体を精いっぱい縮めるしかなかった。

すると、政虎くんが急に立ち上がって言ったの。

「柚月先輩は紅桃を甘やかしすぎです！」

怒った声にいっそう私は体を小さくした。

そっと顔を上げたら、政虎くんの目がぎゅんって吊り上がってて、少し驚いてしまったくらいだった。

「落ち着きなさい、政虎くん。」

「どうしてちゃんと問題点を指摘しないんですか。はっきり言うべきだ。今のままじゃ、いずれ紅桃はビューティー部の足を引っ張ることになる！」

「えっ……。」

正直、衝撃すぎた。

私って、そこまで言われなきゃいけないほどダメな存在なの？

「また政虎は……飛躍しすぎよぉ。まだ入部して三週間じゃない。」

「僕も楓に同感かな。紅桃くんに言うべきことはないと思うよ……今はまだね。」

柚月先輩の言い方に引っかかるものがあった。

今じゃなかったら、例えば私にもっと力があればむしろ指摘したいことがあるって意味になるんじゃないかな。

胸がザワザワする。

やっぱり私が未熟者だから、柚月先輩は特別甘くしてくれているの……？

そう思ったら黙っていられなくなってしまって。

「あ、の……何かあるなら教えてほしい……です。私、頑張って直しますから。」

怖くて心臓がバクバクしちゃったけれど、私は先輩に言ったの。

そしたら。

「……わかった。それじゃあ、紅桃くんは自分の問題点はなんだと考えている？」

逆に質問されちゃった。

「えっと……リピーターさんがつかないこと、でしょうか。」

「そうだね。それは……どうしてだと思う？」

えっ、これも質問で返されるの？

理由がわからなくて困っていたくらいなのに。

「わかりません……。」

仕方なく正直に答えたんだ。

すると、隣に座っていた政虎くんが呆れた顔で大きなため息をついた。

「はぁ……今日のメイクを思い出してみろ。」

「え？　今日の？　今日のって……ピアノの発表会が近い先輩のこと？」

「そうだ。あのときのお前のメイクに答えがあるんじゃないのか。」

なんだろう。ちゃんとできていたと思うけど。

あのときはたしか……。

＊

「今日は、どんなメイクをご希望なんでしょうか？」

「これからピアノのレッスンなんだけど……春らしくって、それでいてちょっと大人っぽい感じにしたいんだ。」

三年生の立花先輩は少しだけ遠くを見つめるような目をして言った。

誰かを思い出しているような……夢見るような甘い目。

これってもしかして恋が関係してるのかな？

ピンときて、思わずドキドキしてしまう。

それくらい立花先輩の表情は素敵だった。

それから先輩は、鏡台のテーブルにずらっと並ぶ化粧品の中から、一本のリップを取り出したの。

「あ、こんな感じの春がいいな。ちょっとミステリアスな感じがするでしょ。」

「……なるほど。やってみます。」

立花先輩が手にしたリップは、いわゆる青みピンクというやつだ。

その名のとおり、少し青みがかったクールな感じのピンクなの。

すごくかわいい色だし先輩が選んだ一本だから、私はそのリップを使うことに決めた。

＊

「あのピンクが立花先輩に与える影響を、紅桃は考えなかったのか？」

「え……どういうこと？」

「はぁぁぁ……お前、パーソナルカラーについての知識は？」

とっさに聞かれて、頭にハテナが浮かんでしまった。

聞いたことはあるけれど、実は詳しく知らないから。

「す、少しはわかるよ。これから勉強しようと思ってたとこだけど。」

私の返答に、ますます政虎くんの表情が険しくなる。

「いいか、メイクアップアーティストを本気で目指すならパーソナルカラーくらい頭に叩き込んでおけ。」

そう言って、政虎くんはスマホで何かを検索し、その画面を私に突き出すように見せてきた。

「パーソナルカラーの概要……？」

「さっきの答えはあやふやだったからな。もう一度覚えるべきだろ。」

政虎くんは続けて解説をした。画面も見ずに。だけど、私が読んでいる文字と一言一句違わないことを。

「パーソナルカラーというのは、その人の肌や瞳や唇や髪の色に『調和する色』――似合いやすい色のグループを示す言葉だ。一九二〇年にはすでに生まれた考え方だが、この日本では、一九八〇年代から、何度か流行りすたりをくり返し、ここ七年くらいで、また火がついたと言われている。」

「ヘアカラーの現場では、登場以来ずっと使われてる概念みたいだけどねぇ。」

楓先輩がそう補足した。

「続けるぞ。色のグループはまずはザックリふたつ。ひとつはブルーベース。もうひとつはイエローベース。言っておくが、これは肌の色自体が青っぽいとか黄色っぽいって話ではないからな。」

「えっ？　じゃあ……？」

「青みと黄み、どっちの色味を帯びたカラーのほうが肌に馴染んで明るく見せてくれるかということだ。お前本当にわかってなかったんだな。」

政虎くんの何度目かのため息が耳に刺さった。

「そこからさらに春、夏、秋、冬の四タイプにわかれるが……まあ、今日は割愛する。」

よかった。これ以上あれこれ言われたら頭がパンクしちゃうもの。

ふぅとため息をついたところで、私は気づいた。

「それじゃあ、あの青みリップは立花先輩のパーソナルカラーに合ってなかったって……そういうこと？」

「気づくのが遅いんだよ。立花先輩は肌のトーンが明るいし、透明感もある。だけど瞳や髪の色と総合的に見ればイエローベース。似合いやすいのは黄みを帯びた温かい色だ。」

言いながら政虎くんは、近くの鏡台から一本のリップを取って見せてきた。

色はコーラル系のピンク。コーラルっていうのは「珊瑚」って意味。オレンジみのあるピンクのことを指すんだ。中でもピンクが強めの色を「コーラルピンク」と呼ぶ。少しくすみ感のある、温かい色である。

政虎くんの言い分はわかった。

メイクのあとの立花先輩の顔色が、どこか暗く見えた理由も。

「で、でも、先輩はあのリップがいいって言ったんだよ。それを無視するの？」

あのときの会話から、私は先輩が誰かに恋していることを悟った。

あの青みピンクのリップは、きっとその好きな人に見せたかった色だったんだと思ったの。

それを無視して別のリップをつけるって……それはいいの？

私には納得がいかなかったんだ。

そんな私の言葉は、政虎くんの大きな怒りを買ってしまったみたいだった。

「要望どおりのメイクだけすればいいと思っているなら、メイクアップアーティストなんか目指すな！」

そう怒鳴りつけて、政虎くんはメイクスタジオを出ていってしまったの。

「待ちなさい、政虎……！」

楓先輩が政虎くんを追いかけていくのを、私は呆然と見ていることしかできなかった。

耳がちょっとキーンってする。心臓もバクバク音を立てていた。

怒鳴られたのも怖かったけど、政虎くんの全否定の言葉が胸を切り付けたみたいで痛かった。

「私と政虎くんは……何がそんなに違うの……？」

俯いた私の肩にじわっと熱が宿った。

顔を上げた私の目に、優しい柚月先輩の顔が映る。

「大丈夫だよ。」

「でも……私、政虎くんみたいな知識も技術もないです。政虎くんが怒るのも無理ない。」

「彼は彼で必死だろうからね。だけど僕は紅桃くんもちっとも負けてないと思うよ。」

そう言って、柚月先輩はいつかみたいに私の手を包むように取った。

先輩との距離に、その行動に、心臓がトクンと跳ねる。

同時に、胸がぎゅっと苦しくなって……でもそれは、先輩にドキドキしてるからだけじゃなくて……。

「先輩は……どうして私なんかを信じてくれるんですか……？」

入部テストのときも、今も。私は情けない姿ばっかり見せているのに。

「紅桃くんの手を見れば、どれだけ普段からメイクを練習しているのかわかるよ。」

「え……？」

「手の甲に残ったカラーは何度もコスメの色味を試したからだと思うし、短く切りそろえられた爪は相手の肌を傷つけないためのものだ。何より、紅桃くんのメイク道具はきちんとお手入れされている。それから……。」

「そ、そんなにあるんですか……？」

「一番は、綺羅々くんを見たときの紅桃くんの目かな。真っすぐ彼女を見ていたよね。綺羅々くんの良さはどこか、どこを引き出せばもっと美しくなるか、見極めようと一生懸命な目だと思ったんだ。」

あのときの私をそんなふうに見てくれていたなんて……。

「だから大丈夫。今はまだ慣れないことが多くて力を活かしきれていないだけだよ。」

先輩がにこっと笑ってくれてた。

その顔がどんどんにじんでいって……喉が詰まって苦しくなってしまう。

柚月先輩は最初からこんなに信じてくれていたのに、ちっとも応えられない自分が悔しくてたまらなかった。

5 政虎くんの見てる世界

「はぁ……どうしよう。」

桜棟の三階。メイクスタジオの扉の前、私は一人立ち尽くしていた。

あの反省会から早くも二日が経って、今は月曜日の放課後だ。

もちろん今日も部活がある。だけど中に入る勇気がどうしても持てなかった。

あの日、政虎くんに言われた「要望どおりのメイクだけすればいいと思っているなら、メイクアップアーティストなんか目指すな！」という言葉の意味を、私はまだ理解できずにいたから。

これから先、自分がどうやってビューティー部でメイクをしていけばいいか、急にわからなくなってしまったの。

「……やっぱり帰ろうかな。」

私がいたらまた迷惑をかけてしまうかもしれない。
いつか「ビューティー部の百千鳥さんはメイクがへたみたいよ。」なんて噂が立ってしまうかもしれない。

リピーターがつかないってそういうことなのかもしれない。
そんな私はきっとビューティー部にふさわしくない。
柚月先輩の言葉を信じてみようとも思ったけれど、ちょっとダメかもしれない。
実際に私は立花先輩の笑顔を引き出せなかったんだから。
私はメイクスタジオの扉に背を向けた。
ふいに、廊下の窓の外の光景が目に入った。
もうとっくに桜は散っていて、今は青々とした葉をつけている。
三週間前は私の背中を押してくれた桜はもういないんだ……。
ちょっとだけ胸のあたりが涼しくなったような感じがした。
「たまには……愛ちゃんとどっか行こうかな。」
誰に言うわけでもなくつぶやいて、私は廊下を歩き出した。

そんな私の耳に、ガラッと扉が開く音が飛び込んできた。

ヤバい！　また政虎くんに怒られる！

とっさにそう思った。

けれど逃げ出すことはできなくて、気づけば私は扉のほうを振り返っていた。

そこいたのは……。

「やっぱり、紅桃ちゃんだ。」

「楓先輩……！」

てっきり政虎くんだと思ってたのに。

「あの、えっと、私……。」

今日は休みます。それとも、ごめんなさい？

言うべき言葉が見つからなくて、私は先輩の顔をまともに見ることもできずにいた。

すると楓先輩はニコニコしながら私に近づいてきて……？

「ちょっと、付き合ってほしいんだぁ。」

むんずと私の腕をつかんだ。

「つ、付き合うって……？」

「まあ、いいからいいから。」

「え、え、え？　どこに行くんですか……!?」

私は楓先輩に腕をぎゅっとつかまれたまま、メイクスタジオとは別の、どこかへと連れていかれることになってしまったの。

「はい、それじゃあここに座ってねぇ。」

「は、はい……。」

楓先輩に連れられてやってきたのは、桜棟の隣にある記念館と呼ばれる旧校舎の一室だった。

見たところ、ここもメイクスタジオみたいだけど……桜棟のそれに比べるとちょっと設備が古いみたい。それに部屋も小さめかな。

「あの、ここは……？」

「桜棟が建つ前に使われてた専門科の教室棟だよ。今はほとんど使われてないけどねぇ。」

それでも教室が埃っぽくないのは、誰かが掃除をしている証拠だ。

楓先輩は小さく鼻歌を歌いながら、美容師さんが使うようなシザーケースに挿していたブラシを取り出して私の髪を梳かし始めた。

「あ、あの……？」

「紅桃ちゃんの髪、真っすぐで柔らかくてサラッサラだねぇ。すごく綺麗〜。」

「あ、ありがとうございます……？　あの、先輩……。」

「髪が綺麗だからおろしてるのもいいけど、たまにはアレンジしてもかわいいと思うよぉ？　どんな髪型にしてみたいとかある？」

「髪型……ですか？」

「そう〜。ちょっとね、ヘアメイクの練習をさせてほしいんだぁ。」

練習……。

楓先輩はそのために私をここへ連れてきたのかな？

だったら、桜棟のメイクスタジオでもよかったんじゃないかって思うけど……。

「じゃあ……編み込み。自分じゃできないんです。前は、ママによくやってもらったけど……。」

今はそれも難しい。

「編み込みね。おっけぃ。」

そう言って、楓先輩は私の髪をヘアアイロンで巻き始めた。編み込みにするにあたって、髪を扱いやすくするためのようだ。

「うわ、よく見るとちょっとグレーがかってるんだね。脱色したら、綺麗にカラー入りそう～。」

「そうなんですか？　普通の黒髪だと思いますけど……。」

「少ぉし色素が薄いんだと思うよ。陽に透かすと、ちょっと灰色なの。」

鏡の中の先輩は、なんだか楽しそうだ。

外からの柔らかい光に、プラチナブロンドの髪がキラキラ輝いていた。

「先輩の髪も……綺麗な色だと思います。」

「ああこれ？　うふふ、嬉しいなぁ。この髪、自慢なんだぁ。」

「え……もしかして地毛ですか!?」

「まさかぁ。もちろん脱色して染めてるんだけど……カラー剤を自分で調合したんだなぁ、これが。」

「えぇっ、すごいです。」

「プロの美容師さんに教わりながらだけどね。脱色も頭皮に優しい薬を探してねぇ。おかげさまで髪質もバッチリなの。」

たしかに、楓先輩の髪は艶々だ。

今の先輩の話を聞いて、思ったことがある。

私はやっぱり、政虎くんにも先輩たちにも遠く及ばないってことだ。

「先輩は……やっぱりすごいです……。自分でカラー剤を調合してみようとか、頭皮に優しい薬を探してみようとか……そういうの、考えたことない……。」

「うーん……コスメとヘア用品だとまた違うとは思うけどなぁ。」

「でも、そういうの勉強しないとわからないし、そもそも勉強しようって考えたってことがすごいし、疑問を持つことすら……。」

私はただ、どんなコスメを使ったらかわいくなれるのかなって、そればっかりだった。

急に自分が軽くて薄っぺらい人間みたいに感じたの。

「政虎って、言葉がキツいところあるよね。ごめんね。」

「え……？」

鏡を見ると、申し訳なさそうに眉尻を下げる楓先輩と目が合った。

「そんな……楓先輩が謝ることじゃないです！　私がダメだから……。」

「そんなふうに言わないでほしいなぁ。お姉さん悲しくなっちゃう。」

「でも、だって、本当に……。」

「私は好きだよ？　一生懸命メイクをする、紅桃ちゃん。」

「楓先輩……。」

鏡の中の光景がにじみそうになって、私は必死に我慢した。

楓先輩は手を止めることなく続けた。

「私と政虎は、まぁ……幼馴染みってやつなんだけど。」

「それは……なんとなく。」

「だから、あの子がどれだけ必死にこの世界のことを勉強してきたかも、ずっと見てきて知ってるのね。」

「……冬泉化粧品の跡取りですもんね。」

きっと小さいころから英才教育を受けてきたんだろうな。

私もママのメイクする姿を見てきたけど、きっとぜんぜん違うんだろうな。

そう思った。

「跡取りだって、認めてもらうのに必死だったかな。」

「え……？」

それは意外な言葉だった。

だって、大手の化粧品会社の息子だよ？　当たり前に跡を継ぐんじゃないの？

けれど政虎くんの境遇はそんなに甘いものではないみたいだった。

「政虎のお父さんはとてつもない実力主義な人なんだよねぇ。政虎が小さいころから、

『会社は力のある者に継がせる。血は関係ない。』が口癖だったんだって。」

「え、でも、政虎くんは、自分は跡取りだって。」

「それはもう死ぬ気で認めさせたんだよ。一時的にね。」

「一時的……!? じゃあ、いつか変わっちゃうんですか?」

「もっと実力のある人が現れたらそうなっちゃう……かなぁ。」

楓先輩は少し悲しそうに言った。

聞いていた私も、なんだか胸がモヤモヤした。

だってだって、政虎くんはあんなにすごい人なのに……!

「そんなの、ひどいです。」

少し腹も立っていたと思う。

眉間のあたりがぐーっと痛くなった。額のあたりが熱くなったくらいだ。

そんな私を見て、楓先輩はいつもみたいなお砂糖の笑顔を浮かべた。

「でもそれが政虎の現実なの。だからいつだって政虎は前を向いて走ってる。人より何倍も早く走らなきゃいけない子なんだ。息が上がって苦しくなっても、止まれない。」

政虎くんの知識の深さと技術の高さ、それに貪欲さと、今までの経験で培ってきた強い自信のわけを知れた気がした。

同時に、私はますます自分が情けなくなってしまったの。

ママみたいになりたい、いつかママを超えたいなんて言っておいて、私の努力は政虎くんの百分の一にも届かなかったんだと思ったから。

なにより。

「へこんでる場合じゃなかったんですね……私。」

パーソナルカラーを知らないことより、青みピンクのリップが立花先輩に与える影響を考えなかったことより、そんな自分を「どうせ私はダメなんだ。」って諦めようとしたことが恥ずかしくなった。

「楓先輩……私、政虎くんに謝りたいです。でも……。」

「顔向けできない～って顔してるねぇ。」

「はい……。」

「こう言ってるけど……どうする、政虎？」

「え？」

鏡の中の先輩が部屋の入り口のほうへと振り返るのを見て、私は固まった。

まさかまさか――！

「黙って聞いてれば、人のプライバシーをべらべらと……！」

「うそっ、政虎くん⁉」

「はいダーメ。紅桃ちゃんは頭を動かさないでねぇ。」

振り返りかけた頭を強制的に戻されて、私は再び鏡に向かった。いつの間にか、編み込みは完成間近に見えた。

コツコツと足音がして、やがて政虎くんも鏡の中に姿を現した。

腕を組んでジロリと私を睨んでいる。

すごく怒っているように見えて、心臓がバクバクしてきてしまった。

また怒られたらどうしよう。

そう思っていたんだけど。

「いつまでフラフラ遊んでいるんだ。早くメイクスタジオへ戻ってこい。」

政虎くんはそう言ったの。

「も、戻って……いいの？」

「戻りたくないのか？」

「だって、私すごく迷惑かけたのに……！」

「紅桃のフォローぐらいできないで冬泉化粧品の跡取りを名乗れるか。それに……ライバルがいなくなったらつまらないからな。」

政虎くんはそっぽを向いてしまった。耳が少し赤くなっているように見える。

照れてる……？

その矢先。

「はい、でーきた。紅桃ちゃんオーダーの編み込みだよ。どうかなぁ？」

楓先輩の弾んだ声に促されて、鏡の中の自分を見た私は一瞬息を止めて……「ふわぁっ。」と、思わず声を上げていた。

「かっ……かわいい……！」

「ふふ、でしょお？　ラプンツェル風にしてみましたぁ。」

私のオーダーはただの編み込みだったのに、まるで童話のお姫様みたい。

かわいくて嬉しくて、自然に口元が緩んじゃう。

「すごいです……！　まるで魔法みたい。」

そう口にした瞬間、頭の中にママのお客さんの笑顔が蘇った。

白緑色の着物を着たおばさまが、ママにメイクしてもらった顔を鏡で見た瞬間、少し驚いて、それからすぐに、顔を輝かせてうっとりと鏡を見つめた……あの笑顔が。

「そっか……そういうことだったんだ……。」

「紅桃ちゃん？」

「政虎くんの言ったこと、ようやくわかった気がするの。要望を聞くだけじゃダメ……私たちは、この驚きと感動を提供しなきゃダメなんだ……！」

「……ふん。」

政虎くんは口をへの字に曲げていたけど、その顔は不思議と楽しそうに見えた。

でも、だからこそ政虎くんに聞いてみたいことがあった。

それは、あのとき何色のリップをつけるべきだったのかという疑問だ。

「ひとつ質問してもいいかな？」

「俺にか。なんだ？」

「立花先輩に似合うリップ。あれはやっぱりコーラル系のピンクを選ぶべきだった？」

「及第点。」

「ええっ？」

「立花先輩はどうしても青みピンクのリップをつけたかったんだろ？　だったら他にやり方もある。」

やり方ってなんだろう……？

うーんと考える私に、政虎くんはこうも言ったの。

「世の中にはなんのためにコントロールカラーってものがあると思ってるんだ。」

「……そっか！　できるだけブルーベースに近くなるように肌色を補整する！」

「俺ならそうした。べつにこれが絶対の正解だとは思わないけどな。」

今まで意地悪に聞こえていた政虎くんの言葉が、やけに真摯に響いた。

きっと政虎くんは今も考えているんだ。

立花先輩に合うメイクとは……？

本当にメイクを大事にしているんだね、政虎くんは。

そう思ったら胸がヒリヒリと熱くなった気がしたの。

私ももっと頑張りたい。

いつか政虎くんに胸を張って「ライバル」だって言えるように。

「それじゃあ、そろそろいつものメイクスタジオに戻ろっかぁ。」

「……はい！」

楓先輩の優しい笑顔に、私は精いっぱいの返事をした。


桜棟のメイクスタジオに戻ると、そこには柚月先輩が待っていた。

いつものようにずらっと並ぶラックの中で洋服をチェックしたり、組み合わせを考えたりしていたみたい。

そんな柚月先輩がこちらを向いて、とても優しく笑ったの。

「おかえり……紅桃くん。」

どうしよう……たったひと言で心臓が壊れるかと思っちゃった。

柚月先輩の笑顔があんまり素敵だったから。声がすごく優しかったから。

まるで甘い綿菓子に包まれているような気分になる。

「た、ただいまです……柚月先輩。」

頰が自然と上に引っ張られそうになるのを我慢して、私はそう返した。

鏡台の鏡に映り込んだ自分の顔が赤くて、正直すごく焦ったよ。

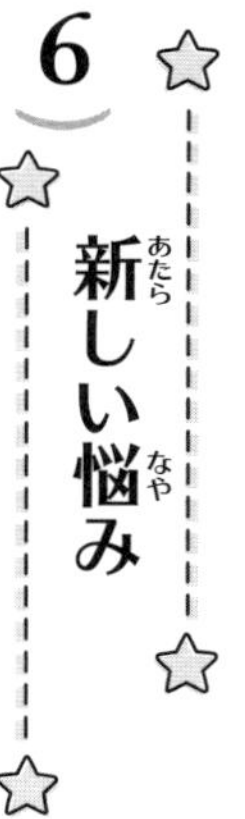

6 新しい悩み

政虎くんの覚悟と自分の甘さを知ってメイクスタジオに戻ったあの日から、私にはまたまた新しい悩みができてしまった。

「はぁ……。」

「紅桃ちゃんってば、またため息ついてる！」

「えっ？」

「っていうか、私の話ぜんぜん聞いてなかったでしょ〜〜？」

「っ……ご、ごめん！」

「お弁当もちっとも減ってないじゃん。具合でも悪いの？」

「そんなんじゃないよ！　そんなんじゃなくて……。」

今はお昼休みの時間。

教室で、愛ちゃんと机をくっつけてパパの作ってくれたお弁当を食べていた。

だけど愛ちゃんの言うとおり、今はそれどころじゃなかったんだ。

頭の中が、柚月先輩の笑顔でいっぱいだったから。

「悩みがあるなら聞くよ?」

「悩みっていうか……。」

柚月先輩のことを考えると、胸がぎゅって苦しくなって心臓がドキドキしてきて、顔がカーッと熱くなって、それからだんだん頭の中がグラグラしてくるの。

なんて言えないよ。

「部活、大変なの?」

「それは……大変は大変だけど、楽しいよ。楽しいんだけど……。」

柚月先輩を目で追っちゃうのを、やめなきゃって思ってる。

先輩は美容に真剣な者しかビューティー部にはいらないって考えの人だもの。

もしも私がこんなことを考えているなんて知ったら、嫌われちゃうかもしれない。

それは……やっぱり嫌だよ。

私がお箸の行き場をなくしていると、愛ちゃんが顔をぐんと近づけてきた。

「もしかして、恋とか？」

「っ……!?」

びっくりして、頭の中がわーっと真っ白になって、首の後ろが燃えたみたいに熱くなって、心臓から全身にどくどく血が流れていくのがわかった。

私は否定するので精いっぱいだった。

「ち、違うよ。そんなんじゃないよ！」

「ウワー、アヤシイー。」

愛ちゃんの棒読みが耳に痛い。

「ね、どんな人？　カッコいい？」

「だから違うんだってば。」

「ええ～、いいじゃん教えてよ～。先輩？　それとも同学年？」

「本当に違うんだってば～。」

「ほんとに～？」

期待の眼差しを向けてくる愛ちゃんには悪いけど、これぱっかりは否定するしかない。認められるわけないもの。

私が、先輩を好きだなんて。

考えた瞬間、柚月先輩が不純な動機で入部をしようとしてきた女子生徒たちに向けた、冷たい目が頭に浮かんだ。それに、ひどく硬い声も。

あんな目で見られたらと思うだけで、ぞっとして全身が冷たくなる。

ビューティー部から追い出されるのを想像したら、体の奥が重いものでいっぱいになっちゃいそう。

そもそも、私は自分の気持ちだってまだわかってないんだよ。

柚月先輩にドキドキするのはたしかだけど、だからってこれが好きかどうかなんて、私にはまだわからないんだ。

「私、お手洗い行ってくる。」

「待ってよ、私も行くって。」

半分くらい残ったお弁当をしまって、私は愛ちゃんと廊下へ出た。

「ほら、入りなよ。」

「え……で、でも……。」

「聖音だってなんとかしたいんでしょ？」

「そうなんだけど……。」

私と愛ちゃんがお手洗いを出ると、四組の教室扉の前で、何やら押し問答している女子二人を発見した。

何組の子だろう？　二人とも初めて見る顔だ。

一人はおでこ全開のポニーテールが似合う女子。きりっとした表情が印象的。

もう一人は長い前髪で目元がぜんぜん見えないや。ボブヘアに合わせるにはちょっと長すぎる。モゴモゴした口元がなんだか自信なさそうで、大人しい人なのかなと考えた。

そんな二人が何をしているんだろう？

そう思っていると。

「あれっ、灯じゃん。何してんの～？」

愛ちゃんがポニーテールの女の子に声をかけたんだ。

「あっ、愛〜。ちょうどいいとこに！　あのさ、前に言ってたビューティー部の子、紹介してよ！」

それって、私？

どうやらこの二人が四組に来たのは、私を探して……みたいだけど。

いったいどういうことなんだろう？

私が愛ちゃんを見ると、とりあえず愛ちゃんは二人に私を紹介してくれた。

「お探しのビューティー部の部員は、こちら……紅桃ちゃんです！」

なぜか、どや顔である。

私には、ポニーテールの灯ちゃんが、同じ美術専攻なんだと教えてくれた。

美術の授業でいつも隣に座っているんだって。

「で、紅桃ちゃんになんの用なの？　事と次第によっては、マネージャーである私を通していただかないと困るのですが。」

「えっ、いつ愛ちゃんがマネージャーになったの？」

「たった今！」

なんて冗談を交わす私たちに、灯ちゃんは言った。

「聖音を助けてあげて！」

灯ちゃんの顔はすごく真剣。

その横で、背中を丸めていた女子生徒——たぶん彼女が聖音ちゃん——が、ますます顔を隠すように俯いた。

「あの……助けてって、どういう……？」

私が声をかけたら、聖音ちゃんがビクッと肩を震わせるのがわかった。

どうしよう、怖がらせてる？

すると灯ちゃんが代わりに話し始めたの。

「今度、声楽科一年のミニ発表会があるんだけど……それに聖音が出られるようにしてほしいんだ。」

「ミニ発表会……？　出られるように……？」

ちょっと話が見えてこない。

「だからね、聖音はそれのソロパートをもらってるんだけど――。」

「へえ、すごいじゃ〜ん。今年は一年の音楽系多いって聞いてるよ〜。声楽科の人数は知らないけど……ソロパートもらうなんて、やるね〜。」

愛ちゃんが、このこのぉと聖音ちゃんをつつく。

それにもまた、聖音ちゃんはビクッと反応していた。

「はいはい、聖音に触らないで。聖音はね、奥ゆかしいの。すごく繊細な子なの。そんでもって、とってもあがり性なの。私の唯一無二の心友なの。」

「そうなの?」

灯ちゃんの口にしたあがり性というワードに、私は反射的に反応していた。

なんというか……仲間意識がわいてきたからだ。

目元はほとんど前髪で隠れていたけれど、聖音ちゃんの顔が赤くなっていくのがわかる。

「うぅ……あの……すみません。」

ああ、わかる。

急に見つめられたり、こうやって囲まれたりしたら謝っちゃう気持ちわかるなぁ。

そんなことを考えながら、私は灯ちゃんに聞いた。

「ビューティー部に相談したいのは、つまり聖音ちゃんのあがり性を克服したいってこと？」

「だいたいそんなところかな。だってもったいないんだもん。聖音はめちゃくちゃ歌がうまいのに、人前に出ると実力を発揮しきれないなんてさ。」

灯ちゃんはすごく悔しそうだった。

その横で聖音ちゃんが申し訳なさそうに肩をすぼめる。

これも気持ちが手に取るようにわかってしまった。

自分を信じてくれている人の言葉で、自分が情けなくなってしまうやつだ。

「だから考えたんだよね！　いっそビューティー部にプロデュースしてもらってさ！　綺麗にメイクとかしてもらったら……そしたら自信つくんじゃないかなって！」

力強く拳を握る灯ちゃん。

きっと彼女は本当に聖音ちゃんの歌が好きなんだ。

だからなんとかしてあげたいって、心から思っているみたい。

聖音ちゃんはどうなんだろう？

見ると、聖音ちゃんは心細いのか灯ちゃんの制服の裾をきゅっとつかんでいた。

それを見ていたら、なんだかわからないけれど私も胸が締め付けられるみたいで……。

「わかった。私でよければ協力させて。」

そう言っていた。

私も、緊張して実力が出せない悔しさとかもどかしさを知っている。

だから聖音ちゃんの力になりたいって思ったの。

けれど……。

「あの……私、やっぱり……。」

聖音ちゃんは、どこか乗り気ではないように見えた。

「またそんなこと言って。このままじゃ、ソロパートを別の子に持ってかれちゃうかもしれないんだよ？」

「うぅ……それは……。」

困ったように両手を胸の前でもじもじさせる聖音ちゃん。

彼女のあがり性は私以上かもしれない。

そんな彼女に愛ちゃんがひと言。

「とりあえずさ〜、ちょっとでも試してみたらどう〜？」

「えっ？　あ……えっと、はい……。」

押し切られた感がないでもないけれど、一応の承諾が得られたということで、私は聖音ちゃんのお顔を見せてもらうことにした。

「実際のメイクは放課後、メイクスタジオに来てもらってからになるけど……いったん、顔を見せてもらってもいいかな？」

「えっ？」

「どんなメイクにするか考えたいし。ちょっと失礼しますね。」

と、聖音ちゃんの長い前髪に手を伸ばした。

そっと前髪を上げると彼女の隠されていた目元があらわになる。

隠すのがもったいないくらい綺麗な瞳と目が合って、さらに前髪をアップしようとし

た、その瞬間――！

「見ないでッッ！」

廊下に響き渡るかと思うほどの大きな声と、払いのける手で、私は完全に聖音ちゃんに拒絶されてしまった。

私も愛ちゃんも、心友を名乗った灯ちゃんも呆然。

シーンと静まり返る私たちを見て、今度はたちまち震え出す聖音ちゃん。

「あ……あ……あのっ……ごめんなさい……！」

とうとう聖音ちゃんは私たちの前から走って逃げ出してしまったの。

残された灯ちゃんは、すごく悲しそうな顔

をしていた。

「なんか……ごめん！」

灯ちゃんはひたすら申し訳なさそうに言って、聖音ちゃんを追いかけた。

ほんの一瞬だけど、私はたしかに見た。

聖音ちゃんの左のこめかみあたりに、何かの傷があったのを。

彼女のあがり性の理由に関係があるのだろうか。

このときの私は柚月先輩への悩みなんてすっかり忘れて、聖音ちゃんのことを考えていた。

7 彼女が逃げたわけ

「……という感じで、逃げられてしまったんです。どうしたらいいでしょうか。」

放課後、いつものようにメイクスタジオにやってきた私は、お昼休みの聖音ちゃんとの一件を柚月先輩・楓先輩・政虎くんの三人に相談した。

聖音ちゃんの力になってあげたいけれど、どうしていいかわからなかったから。

きっと三人なら、私じゃ思いつかない、いいアドバイスをくれると思ったの。

だけど、ここでも私の考えは甘かったみたい。

「どうしたらいいって……どうしようもないじゃないか。相談にもなっていないな。」

真っ先にそう言ったのは政虎くん。

ずーっと怪訝そうな顔をして聞いていた彼は、ついに鼻を鳴らして肩をすくめた。

少しは見直したのに。やっぱり意地悪だよ。

「本人がそこまで嫌がってるとなるとねぇ。」

そう言って、首をコテンと傾けたのは楓先輩。

それから柚月先輩も困った顔をしていた。

「力になってあげたいという紅桃くんの気持ちはよくわかる。けれど、無理やりメイクをしたところで彼女は心を開くだろうか。」

「それは……。」

柚月先輩の言うことが正しいのは、なんとなくわかる。

そもそも、前髪を上げようとしただけで私の手を払いのけた聖音ちゃんが、メイクを許してくれるとは思えない。

だから相談したかったんだけど。

「現段階で僕たちにできることは、残念ながらないんだよ。メイクの可能性は自由で無限だと思うけれど、強制するわけにはいかないからね。」

柚月先輩にきっぱり言われて、私はガックリしてしまった。

本当に私たちにできることは何もないのかな。

本当に聖音ちゃんはメイクするのが嫌なのかな。

考えれば考えるほどわからなくなる気がしたの。

「あまり思いつめないで。彼女が助けを求めたときは、いつでも手を差し伸べてあげたらいいよ。」

「……はい。」

そう返事をした私だけど、このときばかりはどうしても納得ができなかった。


「あのう……宇佐田聖音さん、いますか？」

私が聖音ちゃんのクラスを訪ねたのは、翌日のお昼休みのことだ。

一晩自分なりに考えて、とにかく話を聞いてみることにしたの。

彼女の気持ちを聞かないことには何も始まらないと思ったから。

彼女が二組の生徒だというのは愛ちゃんから聞いていた。灯ちゃんと聖音ちゃんは同じクラスだってことも教えてくれた。

他のクラスに人を訪ねていくなんて、今まであんまりしたことがなくて緊張する。

ドキドキしながら待っていると、聖音ちゃんじゃなくて灯ちゃんが顔を出した。

「聖音に用？」

灯ちゃんはなぜか不機嫌そうな顔をしていた。

昨日廊下でお話したときは、もうちょっと普通の対応だったのに。

私、なんかしちゃったのかな。

もしかして聖音ちゃんの顔に触ろうとしたから？

考えたけどわからないから、とりあえず話を進めることにしたんだけれど……。

「あの、昨日の件で……。」

「いいよ、もう。」

「え？」

「聖音があんなに嫌がるんだから、無理にしなくていい。」

ますます灯ちゃんの表情が沈んでいく。

心なしか、ポニーテールまで元気を失っているように見えてしまう。

「でも灯ちゃんは聖音ちゃんの歌が聞きたいんじゃ……。」

「そうだけど……っ。」

ぎゅうっと両手を握りしめる灯ちゃん。

彼女の両腕はかすかに震えていた。

「これ以上聖音に嫌われたら、私……！」

見る見る灯ちゃんの瞳に涙がにじんできて、私はどうしていいかわからなかった。

「あの、き、嫌われるって……。」

その言葉に、灯ちゃんはハッとして、すぐに制服の袖で涙をぬぐった。

「とにかく、もういいから。」

毅然とした態度で言い放ち、灯ちゃんは教室の中へと戻っていった。

廊下に残された私は、ただただ呆然とするしかなかった。

これで……終わり？

聖音ちゃんに話を聞くこともできないまま、全部諦めるの？

なんの力にもなれないまま……？

そう思ったときだ。

「――♪」

どこからか、かすかに歌声が聞こえてきたの。

澄み切ったソプラノだ。

「誰だろう……？」

声は、廊下の窓の隙間から聞こえてくるみたいだった。

窓へ近づいて、外を探すと……。

「聖音ちゃんだ……！」

校舎の裏手で一人、歌の練習をしている聖音ちゃんを見つけたんだ。

私は大慌てで、校舎を飛び出した。

学校の敷地をぐるりと取り囲む雑木林に向かって、聖音ちゃんは歌っていた。

校舎を出ると、その歌は風に乗って私の耳に届いてきた。

さっきは窓ガラスのせいでよくわからなかったけれど、とても力強い声だ。

高くて透き通っているのに、体の芯にしっかり届く感じがする。

それでいて優しくて……私は、まるで妖精が歌っているみたいって思ったの。

思わずつぶやいた私の声で、聖音ちゃんは歌を止めた。

「綺麗……。」

「っ……!」

振り返るなり、聖音ちゃんがビクッと肩を震わせる。

彼女はあがり性だって言っていたから、急に私が現れて戸惑っているんだと思う。

「きゅ、急にごめんなさい。でも本当に綺麗だったから……。」

あまり距離を詰めすぎないように、私は軽く一礼した。

「あの……どうしてここに……。」

聖音ちゃんの声は、さっきの歌とは打って変わって小さく消え入りそうだった。

「廊下から歌が聞こえてきたから。それに……聖音ちゃんとお話がしたかったから。」

「き、昨日の……話?」

とたんに彼女の体が警戒するのがわかった。

「誤解しないで。無理やりメイクをしにきたわけじゃないの。でも、もし本当に困ってるなら力になれないかなって……私もあがり性で人にメイクできなかったから……。」

「えっ、でもビューティー部って……。」

「部室でだけは、なんとかメイクできるようになったばっかりなんだ。まだ、他の場所では無理だと思う……たぶん。」

なんとなくバツが悪くて、私は小さく笑っていた。

「そう……なんだ。」

相変わらず胸の前で両手を握りしめて、聖音ちゃんは緊張しているように見えた。だけど、ほんの少しだけ空気が和らいだ気がした。

「すごいんだね、紅桃ちゃんは。」

「えっ？　ぜんぜんすごくなんてないよ。私なんてほんとに、まだまだで。」

「でも、あがり性を克服したんでしょう……？」

聖音ちゃんは自分の体を潰してしまうんじゃないかっていうくらい、ぎゅうっと体を小さく縮めた。

「私は……ダメなの。怖くて、できない。」

「それは……私も一緒だよ。だけど背中を押してくれた人がいたから。」

それはもちろん柚月先輩だ。

先輩が入部テストのあの日、息もできなくなって倒れかけた私を助けてくれた。手を握ってくれた。

あの温かさに私は救われたの。

そういう人が聖音ちゃんにもいるんじゃないかって思う。

「灯ちゃんは……？」

私が出した名前に、聖音ちゃんが息をのんだ。

「灯ちゃんは聖音ちゃんの背中を押してたんじゃないかなって、そう、思う……けど。」

昨日の様子から、それは間違いないと思うのに自信がなかったのは、さっき会った灯ちゃんの態度がなんだかおかしかったから。

「あ、灯は……灯は……っ。」

そう言って、聖音ちゃんは口をグッと真横に結んで、左のこめかみあたりを手で押さえた。

もちろん前髪の上からだ。

それからこう言ったの。

「灯には、もうこの傷は見せたくないの……！」

「傷？」

「灯が悲しむ顔なんて……見たくないいんだもん……っ。」

そう吐き出した聖音ちゃんの足元に、ぽたぽたと涙の滴が落ちていった。


その後、泣き止んだ聖音ちゃんは私に隠していた傷を見せてくれた。

ガラス玉みたいな綺麗な目の横、左のこめかみあたりにある傷跡だ。

「これでもね、だいぶ薄くはなってきたの。」

ほっそりとした聖音ちゃんの指先が、傷をなぞった。

その手つきは、何か大切なものに触れるような優しいものだった。

例えば小さな動物をそっと抱きしめるような。瞳にも、柔らかい光がキラキラと揺れている。

それを見て、私は少しだけ不思議な気持ちになった。

「何があったのか、聞いてもいいかな？」

私がたずねると、聖音ちゃんは小さく頷いて口を開いた。

それはまだ小学校の低学年のころのことだったそうだ。

当時から仲の良かった聖音ちゃんと灯ちゃんは、ある日、二人で冒険ごっこをしていたんだって。

もともと引っ込み思案なところのある聖音ちゃんだけど、灯ちゃんと一緒にいるときだけは元気に走り回るような子だった。

二人して、落ちていた木の棒を手に「これは魔法の杖だー！」なんてはしゃぎながら、土手の上を歩いていたそうだ。

いつもと同じコース。いつもと同じ冒険ごっこ。

せいぜい泥んこになって虫や鳥や、野良猫とたわむれる程度の、よく知った冒険だったはずだった。聖音ちゃんは大好きな歌を歌いながらこの時間を楽しんでいた。

ぬかるみで、灯ちゃんが足を滑らせるまでは。

前日に雨が降ったせいか、いつもより足元が悪かったことを聖音ちゃんは今でも覚えていると言った。

灯ちゃんが「くつが汚れちゃうからやめようよ。」と言ったのに、聖音ちゃんは「もうちょっとだけ。」って譲らなかった。

そうやって歩いているうちに、自分の後ろを歩く灯ちゃんが「あっ！」と声を上げて、転んでしまって。

振り返った聖音ちゃんはとっさに灯ちゃんに手を伸ばした。

けれど、小学生でまだ体の小さな二人は、お互いを支え合うことなんてできなくて。

どうしようと思ったときには、あっという間に土手の下まで滑り落ちたそうだ。

何がどうなったのか、灯ちゃんの持っていた木の枝は聖音ちゃんの左目の目尻のあたりからこめかみをえぐるように傷をつけてしまった。

最初はそれでも気にしていなかったみたい。だけど、周りはそうじゃない。

女の子なのにかわいそう。

何度も何度も、その言葉を投げられるたびに、あわれむ視線を向けられるたびに、聖音ちゃんは息がしづらくなっていった。同時に大好きな歌にまで自信が持てなくなった。

そうして、人の前で歌うことが怖くなってしまった——と、彼女は話してくれた。

「灯は悪くないの。」

聖音ちゃんは苦しそうな顔をした。

「あのときだって、灯はやめようって言ったのに私がそれを許さなかったの。なのに、灯はこの傷を見るたびにツラそうな顔をするの。」

きっと灯ちゃんは、自分のせいで聖音ちゃんを傷つけてしまったんだと、長年悩み続けていたんだと思う。

灯ちゃんが沈んだ顔をした理由も、これ以上嫌われたくないって言った理由も、わかった気がした。

「それで、隠すように……？」

「こんな傷、誰も見たくないでしょう……？　灯もきっと同じだもの。」

「それでも、一度はビューティー部に来てみようと思ってくれたんだよね？」

「灯が発表会のことをすごく心配してくれて、それで。」

そう言った聖音ちゃんの目は柔らかそうに緩んでいた。

ああ、そっか。そういうことなんだ。

灯ちゃんは、傷のことで責任を感じていて、聖音ちゃんがあがり性を克服できるように力になりたいと思った。

聖音ちゃんは、責任を感じている灯ちゃんを思うあまりに、傷をさらせなかった。

二人は、お互いのことをすごく思ってる！

なのにすれ違っているのは……あまりにも切ないよ。私まで胸がズキズキしてしまう。

「私、やっぱり聖音ちゃんのメイクがしたい。」

「え……。」

「力になりたいの。」

聖音ちゃんは少し驚いた顔をして、それから再び俯いた。

「ありがとう。でも……無理だと思う。自分でも、何度かメイクで隠そうと思ってやってみたんだけど、うまくいかなかったし。肌も荒れやすくて、みっともなかったから……。」

「そういうことなら、なおさら私に任せてくれないかな。」

「でも……。」

「きっと聖音ちゃんに『合う』メイクを、私が探してみせるから……！」

自然と聖音ちゃんの手を取っていた。

聖音ちゃんは少し戸惑って、だけどその瞳は期待に揺れていた。

「私に、みんなの前で歌う自信を……ください。」

私はただ、静かに頷き返した。

8 メイクプラン

「……ということで聖音ちゃんに合うメイクを探すって約束をしたんです。だから力を貸してください！」

放課後、いつものようにメイクスタジオにやってきた私は、お昼休みの聖音ちゃんとの一件をまたまた柚月先輩・楓先輩・政虎くんの三人に相談した。

「あれぇ、なんかデジャヴ～？」

「諦めてなかったのか。」

昨日の放課後とまったく同じ流れが起きたことに対し、楓先輩は途中からクスクス笑いだし、政虎くんはやっぱり呆れ顔でため息をついた。

だからといって二人とも話を聞いてくれてなかったわけじゃない。

単純に昨日の今日でってところが気になったみたい。

柚月先輩は、ふむと考えるような仕草でこちらを見ていた。

やっぱり反対なんだろうか？

不安がこみ上げてくる。

だけど、私はもう聖音ちゃんと約束したんだから。もしもビューティー部として反対されてしまったら、そのときは一人でなんとかしようとも考えていた。

いまだに私は、誰かにメイクをすることを考えると緊張してしまう。

ビューティー部のメイクスタジオの中なら平気でも、外では自信がない。

最悪、聖音ちゃんを前に手が震える可能性だってある。

それでも約束を守りたいと思ったの。


「なるほど……。」

柚月先輩の表情はどこか硬い感じがした。

やっぱり許してはくれないの？

この先、何を言われるのか心配で、胸がザワザワ騒がしかった。

けれど。

「聖音くん本人の承諾があるのならば、全力でバックアップしよう。」

「いいん、ですか……？」

「もちろん。『技術向上を目指し研究を重ねながら、学校内の生徒の悩みをメイク・ヘアメイク・ファッションで解決する。』のが、僕らビューティー部のモットーだからね。」

柚月先輩がふっと表情を緩めるのを見て、私の緊張は一気に解けた。

「ありがとうございます……！」

よかった。本当によかった。

本音を言えば、たった一人で解決策を探し出す自信はあんまりなかった。

三人の力を借りられるなら、これほど心強いことはない。

「さて、それじゃあさっそくプランについて話し合おうか。」

パチンと、空気を変えるように柚月先輩が手を叩いた。

本題はここからということだ。

「話を聞く限り、少なからず聖音くんのあがり性には顔の傷跡が関係しているようだ。顔を隠すことで、ますます他者との心の壁を作り上げてしまったのだろうと思う。だから堂々と顔を出せるようなメイクを……そうだよね？」

私が頷き返すと政虎くんが口を開いた。

「化粧療法の考え方だな。」

「メイクセラピー……？」

初めて聞く言葉に首をかしげると、政虎くんはいつもの呆れ顔を一瞬見せて、だけどすぐに咳払いをして教えてくれた。

「心理療法の一環と言えばわかりやすいか。メイクをすることで、生活の質を向上させたり、より豊かになるよう目指すものだ。うちの会社でも介護福祉の現場と提携して、メイクセラピーについて研究している。」

わかるようなわからないような。

そんな私の思考を読み取ったように、楓先輩が補足してくれた。

「介護福祉の施設で、入居者のおばあちゃま方にメイクをしたら、いつもより表情が生き生きしてた……なんて話、聞いたことなぁい？」

「……ある、あります。パパとそういうニュースを見たことが。でも……今回の聖音ちゃんのメイクとは関係ないんじゃ……？」

「よく考えてみろ。」

またまた政虎くんが盛大なため息をついた。

相変わらずの嫌味な言い方に、ちょっとだけムッとしてしまう。

でも、今はそんなことを言ってる場合じゃない。私は黙って彼の話を聞いた。

「メイクセラピーを必要としているのは、何も介護福祉の現場だけじゃない。ケガや病気や生まれ持った体質で、傷やアザがある人たちの心と体をケアするためのメイクでもある。」

「それって……！」

「うん。まさに聖音くんに『合う』メイクかもしれないね。」

やっぱり政虎くんはすごい。それに、同じく知っていた柚月先輩と楓先輩も。

私はメイクセラピーっていう言葉も概念も知らなかった。

だからといっていちいち落ち込んでなんていられないことも、もうわかってる。

「つまり、そのメイクセラピーで聖音ちゃんの傷を隠して、見られることへの不安……

と、緊張かな？　それをなくしてもらおうってこと、ですよね？」

「そういうことになるね。言い換えればカバーメイクということになるのかな。」

わかりやすい。こういうところもさすが柚月先輩だと思う。

だけど、私は問題があることに気づいたの。

「カバーメイクって、厚くなりがちなイメージがあるんですけど……聖音ちゃんは肌が弱いみたいだから、ちょっと心配です。」

せっかくメイクをしても、肌荒れを起こしてしまったら意味がないと思ったの。

するとまた、政虎くんが切り出した。

「俺を誰だと思っている？　天下の冬泉化粧品の跡取り息子だぞ。」

「なんでここにきてお家の自慢？」

「っ……！」

私の返しに、政虎くんは虚をつかれたって顔をした。

「そうじゃない。うちにはデリケート肌向けの優秀な製品がたくさんあると言いたかっただけだ。もちろん、それでも肌荒れなどが起こる可能性がゼロとは言えないが……。」

最後は少しだけ、むぅと口を閉じる政虎くん。

自信があるだけじゃない、リスクのことも考えている。その姿勢は素直に見習うべきなんだろうと思った。

「試してみる価値はあるよねぇ。本人に相談しつつなら、いいんじゃないかなぁ。」

そう言ってくれたのは楓先輩だった。

「じゃあ私、もう一度聖音ちゃんに会って、聞いてみます！」

「なら、そのときに普段彼女が使っている基礎化粧品についても、尋ねておくといいかもしれないね。メイクはしなくても、愛用している製品があるかもしれないから。」

「わかりました！」


柚月先輩のアドバイスを受けて、私は翌日もう一度聖音ちゃんのもとへと向かった。

ビューティー部で話し合った内容を説明すると、聖音ちゃんは少し申し訳なさそうな顔をしつつも、嬉しそうな様子も見せてくれた。

偶然にも、聖音ちゃんが日常的に使っている基礎化粧品が、冬泉化粧品のデリケートなお肌の人のための低刺激ラインだと判明。

冬泉化粧品が新たに開発した薬用のファンデーションなどを試してみようということに話はまとまった。

聖音ちゃんへのメイク計画は極めて順調に進んでいた。

なのに、私の中には「本当にこのまま進んでいいのかなぁ。」という、妙なモヤモヤが積もっていったの。

それと、頭の片隅にはずっと、灯ちゃんの沈んだ顔も残っていた。

9 パパとママと私

聖音ちゃんへのメイクプランがあらかた固まった、ある日。

学校からいつものバスに乗って、二十分。お家に帰ってきた私にパパが言った。

「おかえり、紅桃。今夜はお楽しみの日だな♪」

エプロン姿でキッチンから廊下に顔を覗かせるパパは、やけに上機嫌だった。

「お楽しみって……なんだっけ？」

私の誕生日でもないし、もちろんパパのでもない。

今日はただの平日じゃないの？

思い浮かばなくて、んーっと考えていた私を見て、パパは見る見る肩を落とした。

「今日はママとのテレビ電話の日じゃないか！」

「ただぁいまぁ。」

「あっ！」

そうだった……！

最近ずっとビューティー部のことで頭がいっぱいで忘れちゃってたよ。

「忘れてた～なんて言ったら、ママが泣いちゃうぞ？」

そう言って、しくしくと泣きまねをするパパ。

まったく大げさなんだから。

「ちょっと、頭から抜けてただけだもん。パパこそ、いいかげん電話終わりに泣きそうになるの、恥ずかしいよ。ママだっていつも困ってるじゃん。」

「それは仕方ないんだよ。だってパパは、ママを世界一愛しているからね！」

「はいはい。」

すぐこれなんだから。

パパってば、一見クマさんみたいな大きな体で、絶対「愛してる。」なんて言いそうにないのに、ちっとも恥ずかしがらずにああいうことを言うんだよね。

聞いてる私のほうが照れちゃうじゃない。

「もちろん紅桃のことも宇宙一、愛してるぞ〜！」

「はいはい。」

私はとっとと、二階の自分の部屋に避難することにした。

切り上げないと、調子に乗ったパパに抱きしめられかねない。もう中学生なんだから、
パパからいつまでも小さい子扱いされるのは、ちょっとね。

急いで階段を上っていくと、パパが言った。

「すぐに下りておいでね。今日はパパ特製のお子様ランチ風プレートだよ。」

またそうやって子ども扱い……！

「ほんとっ⁉」

しまった。考えてたことと、反対のこと言っちゃった。

「は……旗とか、立てなくていいからね！」

「うんうん。わかってる、わかってる。」

パパってば、あんなにニコニコして。絶対わかってないやつだ。

バツの悪さに、私は逃げるように部屋に入った。

私の家、百千鳥家はいわゆる閑静な住宅街の中にある、一軒家で暮らしている。

チェリーみたいな色の三角屋根がかわいくて、小さいころは自慢だった。

そんなお家の中で、今のところパパと私の二人暮らしが続いている。

昔はもちろんママも一緒に暮らしていたよ。

二階の私の部屋は南側を向いていて、この真下に……ちょうどママがお仕事部屋として使っていた小さなメイクスタジオがあるの。

残念ながら今はお店としては閉めていて、私がメイクの練習をするのに使うくらい。

ママはといえば、メイクアップアーティスト・ハルカとして世界を飛び回っていて……

今はニューヨークにいるんだ。

寂しくないって言ったら、それはうそになっちゃう。

私は勉強机の上に飾った、パパとママと三人で撮った写真を手に取った。空港で撮った写真だ。

写真の中の私は目を真っ赤にしていた。

ママが仕事で単身赴任するって初めて聞いたときも、大泣きしたっけと思い出す。

だけど私は知っていたから。

ママがメイクの魔法使いだって。メイクで世界中の人を幸せにするのがママの役目なんだって。だからママを見送ったの。

それにパパがいつも一緒にいてくれる。

パパはお料理の研究家さんで、仕事はほとんどお家でしてるんだ。

ずーっと一緒にいるせいか、ときどきケンカもしちゃうけど。

パパもママも、私の自慢なんだ。

でもね、二人のことはお友達には話さないようにしているの。


「紅桃――！　早く、早く！」

「今行くってばぁ。」

夕ご飯を食べ終わって、お風呂も入って、時間は夜の九時。

パパがリビングで急かすように私を呼んでいる。

ローテーブルにノートパソコンをセットして、今まさにママとの通話を始めようというところ。

私はマグカップいっぱいにいれたホットココアを片手に、ソファへと座った。

ちょうどそこで、ノートパソコンの画面にママの顔が映った。

「グッモーニーン～♪」

さっそくママの明るい声が響く。

すると、パパも負けじとテンション高く話しかけた。

「ママ～！　おはよう。今日も綺麗だね。いい朝を迎えているようで何よりだよ。」

日本とニューヨークには時差というものがある。

こっちは夜の九時だけど、ママのほうは朝の八時くらいかな？

窓から入る光がやけに明るく見えた。

「こっちはいい天気よ～。このままランチビールに行きたくなっちゃうくらい。」

「食事はちゃんと摂ってるかい？　ママのことだからジャンクフードばっかりなんじゃないかって、パパはもう心配で心配で……。」

「あははは。ところで紅桃～！　中学入学、おめでとう！」

ママってば話を逸らしたな。

うちは昔からパパが食事を担当していて、ママはちょっぴりずぼらさん。

ニューヨークに行ってから、それに拍車がかかるんじゃないかって、パパはいつも心配しているみたい。

画面に映る部屋は広くて明るくておしゃれだけど、テーブルの上には、ファストフードの包みが転がってるくらいだしね。

「どう、学校は。楽しい？」

「うん、楽しいよ。」

「美容を専攻してるんでしょう？　そっちの学習形態ってどうなってるのかしら。もう資格試験の勉強も始まってる？　勉強はどれだけしてもしたりないってことはないわよ。もちろん実習も大事ね！　どんな実習をしているの？」

「そんな一気に質問しないでよぉ。」

ママはいつもこうなんだから。

私はもちろんママのことが大好きだし、メイクアップアーティストとしてはすごく尊敬している。だけど、たまに面倒くさかったりするの。

これって、反抗期ってこと？　自分じゃよくわからないけど。

「前にも説明したけど、中学の間は普通科の授業がほとんど！　本格的な美容の勉強は高校に上がってからだよ。」

「あ〜……そうだった。ママったら勘違いしちゃったわね。」

と、反省したように肩をすくめたママだけど、質問攻めは止まらなかった。

「学校でお友達はできた？　部活が盛んだって言っていたけど、例の……ビューティー部には入部したんでしょう？　ふふっ、パパから聞いちゃった。どんな活動なのか、ママすごく気になってるのよ〜。かっこいい先輩とか、いた？」

「へっ？」

まさかの質問に、ポンと浮かんだのは柚月先輩。

それを慌てて消す私。

「ふ、普通かな。」

「あらぁ、怪しい間があったわねぇ。それになんだか顔も赤くなってるんじゃなあい？」

「なってないし。」

「ママ！　そういう……あれな質問は、パパはよくないと思うぞ。」

私以上にうろたえるパパを横に、ますます居たたまれない気持ちになってしまう。

私はココアのカップで顔を隠しながら、この話題を終わらせた。

「ほんとにないから。そんなことより！」

こほんと咳払いをひとつ。私はじぃっとノートパソコンの向こうにいるママに視線をぶつけた。

「ぜっっっったいに、私が若葉総合芸術学校に通ってるって、お仕事関係の人に言っちゃダメだからね！」

その瞬間、ママの目が少しだけ寂しそうに揺れた。

「わかってます。自分の実力でメイクアップアーティストになりたいんだものね、紅桃は。」

これが、両親――特にママの仕事をお友達にも話さない理由だ。

百千鳥メイクスタジオの遥香が、今をときめく世界的なメイクアップアーティスト・ハルカだって知ってる人はそんなにいない。だからこそ隠すことにしたの。

私がハルカの娘だって知られたら、親の七光りだって言われるかもしれないから。

「ママは私のライバルだからね。」

そう言って、私はちょっぴり考えた。

もしかしてこれって、政虎くんと同じようなこと言っちゃってる？

なんて考えていると、ママがクスクス笑っているのが聞こえた。

「それじゃあライバルとして、ママから助言をひとつ。」

人差し指を口元で立ててウィンクなんかしたりして、ママはおちゃめにこう言った。

「いいメイクアップアーティストになりたいなら、大いに恋をしなさい。」

「こ、恋って……！　もうっ、やめてよ。そういうこと言うの。」

思わずココアをこぼしそうになっちゃったじゃない。

案の定、私の隣ではパパが動揺していた。

「だからね、ママ。紅桃にはそういうのはまだ早いと思うんだよ。」

「あら、そんなことないわよ。」

「いや、でも交際とかは……。」

口ごもってから、パパはチラリと私を見た。

「だからないってば。」

「ほらママ、紅桃だってこう言ってるじゃないか。」

「べつに今すぐ恋人を作りなさいなんて言ってるんじゃないのよ。でもね、人が何かに恋をするときの瞳ほどドキドキするものはないでしょう？　そういう経験って、メイクにも役に立つときがくると思うのよ。」

こういう話をするときのママは、ずるいほど綺麗に見えた。

そうすると、私も無視はできなくなってしまうのが常で。

結局聞いてしまうの。

「もし、誰にも恋ができなかったら？」

「そうねぇ……いっそ、人でなくてもかまわないわね。物でも、事でも。」

「それじゃあ、なんでもいいんじゃん。」

「あはは、そうなっちゃうわね。それに、したくないのに無理にする必要もないの。ただ、ママは恋の力を信じてるタイプの人間だから。」

「……よくわかんないけど、わかった。」

「さあ、メイク志望の学生さん。他に何か聞きたいことはある？」

いつの間にか先生みたいな口調になっている。

ママはメイクアップアーティストとしての活動の他に、ニューヨークの学生向けにメイクのスクールの先生もしているからなんだろうけど。

こういう「ノリ」が、実はあんまり得意じゃない。

でも今日は、そこに甘えてみることにした。

本当は相談するつもりなんてなかったけど……今なら聞いてみてもいいかなって、素直に思えたから。

「じゃあ、もうひとつだけ。」

「ええどうぞ、出席番号……何番でもいいわね。紅桃さん！」

「顔の傷は、やっぱり隠したいものだよね？」

海外ドラマか何かに出てきそうな、陽気な先生といった風情だったママの顔が、ゆっくりと真面目なものへと変わっていった。

「その質問には、答えがないとお答えしましょうか。ミス・紅桃。」

「答えがないって、どういうこと？」

口調はふざけてるようだけど、ママの目は真剣だ。

「だってそうでしょう？　傷を持つ本人が、どう向き合いたいか……それが一番で、他者が決められることではないわ。」

「それは……たしかに。」

「もっと言えば本人だって迷ってもいいのよ。昨日までは隠したかったけど、今日はもう見せたい気分ね！　そう言ったってかまわないの。」

「それも……たしかに。」

でも、それじゃあ結局、聖音ちゃんの件はどうしたらいいっていうんだろうか。

ますますわからなくなった私に、ママはさらにこう言ったの。

「ねえ、紅桃。メイクってまずは自分のことを知るところからじゃないかしら。」

「自分って、私？」

「自分にメイクをするなら、そうね。」

ということは、この場合は聖音ちゃんのことをさしているみたい。

聖音ちゃんの何を知ればいいのかと考えたときに、私はふと、彼女が傷を見せてくれたときのことを思い出した。

ガラス玉みたいな綺麗な目の横、左のこめかみあたりに走る傷跡を見せてくれたあのとき、聖音ちゃんは優しい顔をしていた。

ほっそりとした指先が傷をなぞる仕草は、まるで何か大切なものに触れているかのように優しげだった。

瞳に宿った、キラキラ柔らかい光は――。

「あれも、ときめき……？」

私の中で、モヤモヤと積もっていた何かが一気に晴れていく。

「ありがとう、ママ！　パパ、あとはよろしく！」

すぐさま立ち上がり、私はリビングをあとにした。

「ええぇ～、もう行っちゃうの？　ママ寂しぃぃぃ～。」

「まあまあ、ここからはパパとゆっくり話をしようじゃないか。」

ママはしくしく泣きまねをしていたみたいだけど、パパに任せておけば大丈夫だもんね。


自分の部屋に戻った私は、すぐにメイクノートを取り出した。

ここには、メイクのアイデアをいろいろと書き込んでいる。

白紙のページを開いて、聖音ちゃんを思い浮かべながらメイクの練習用に顔のイラストを描き込んだ。そこへ、メイクボックスから取り出したコスメで色をつけていく。

明日はいよいよ聖音ちゃんに実際にメイクを試してみる約束をしているんだ。

それに向けて、私は私なりのプランを練り直すことにしたの。

10 笑顔のためのメイク

「今さらプランを変えたいって、どういうことだ！」

次の日、メイクスタジオに到着するなり、私はみんなに聖音ちゃんのメイクを変えたいと話した。

そしたら開口一番、政虎くんが怒ったの。

まあ、予想はしていたんだけど。

「肌トラブルが起きにくい低刺激のコスメを使って、傷を隠すメイクをする。その上で彼女自身が傷を気にせずすむように前髪を斜めに流すようにゆるく編み込むと、みんなで話して決めたんだぞ。それを今さら……！」

「勝手なこと言って……ごめんなさい。」

私は頭を下げた。

他にどうしていいかわからなかったの。

「だけど、今のプランじゃ、聖音ちゃんの本当の望みは叶えられない気がするの！」

「紅桃の案なら叶えられるっていうのか？」

政虎くんの目は今までで一番鋭かった。

まるで胸のあたりに、剣でも突きつけられたみたいに。

私のプランは、それだけ突拍子もないことだったんだと思う。

でも、私は諦めなかった。

「クライアントの要望をただ叶えるだけじゃダメって言ったのは、政虎くんだよ。」

「望みを無視するなんてもってのほかだ！」

「違うよ。聖音ちゃんは……！　聖音ちゃんの本当の望みは……！」

昨夜、ずっと考えていたことを口にしようとしたけれど、それはできなかった。

ここで私が断言してもいいのかって、少し怖くなってしまったの。

だって私は聖音ちゃんじゃない。

それでも、私は私のプランが聖音ちゃんのためになるはずだって、信じずにはいられなかったの。

聖音ちゃんの、あのキラキラの瞳を見たから。

お互いに退かない私と政虎くんを前に、柚月先輩と楓先輩はどうしたものかという顔をしていた。

私は、もう一度深く頭を下げることにした。

「お願いします。一度だけ……一度でいいから、試させてください。もしそれでダメだったら、もう何も言わないから。一度だけ……っ。」

少しだけ声が震えてしまって、政虎くんがたじろぐ気配がした。

そのまま頭を上げられずにいると……。

「紅桃くんの覚悟はわかったよ。」

頰を包むような優しい声がして、私は顔を上げた。

ああ……まただ。

柚月先輩は、なんて優しい目で見てくれるんだろう。

この目を見ているだけで、なんだか胸が詰まってしまう。

「やってごらん。紅桃くんの思うとおりに。」

「っっ……あ、ありがとうございます……！」

柚月先輩が信じて任せてくれた。

それだけのことなのに、胸の奥が熱くなる。体の中だけ夏になっちゃったみたいだよ。

そんな中、政虎くんは最後まで反対していた。

「どうしてそう、柚月先輩は紅桃に甘いんですか！」

「聖音くんと実際に話をしたのは紅桃くんだからね。きっと何か感じるものがあったんだと思う。」

「そんなあいまいな。」

「まぁまぁ、今日はまだ、試しにメイクをしてみようって話なんだしね。」

「楓まで。俺は……認めないからな。」

「政虎くん……。」

私のほうから相談して、あんなに一生懸命考えてくれた政虎くんだもの。

そう言われても仕方がない。

「ほんとに、ごめんなさい。」

自分の身勝手さが嫌になったけど、謝ることしかできないけど、それでも今回ばかりは自分の考えを貫きたかった。

「聖音ちゃんを笑顔にしたい。本当に許さないからな。」

「へたなメイクをしたら、それができるメイクだって……信じてるの。」

最後は、そう言って政虎くんは譲歩してくれた。

「それじゃあ、急いで準備を整えよう。聖音くんとの約束の時間まで、もうわずかだ。」

「はいっ！」

「髪型については、ぶっつけ本番になってしまうけれど……楓、大丈夫だよね？」

「任せてよぉ。紅桃ちゃんのメイクに合う髪型にしてみせるから。」

「政虎くんも、フォローを頼むね。」

「言われなくてもです。」

「ビューティー部のモットーを忘れずに。聖音くんを迎えよう！」

柚月先輩の号令は、ますます私の体を熱くした。

11 メイクの魔法をかけたい

「今日は、あの……よろしくお願いします……っ。」

ビューティー部へやってきた聖音ちゃんは、ひどく緊張した様子だった。

肩がぎゅっと上がって、両手を胸の前で合わせて。息も、なんだか浅そう。

これまでずっと傷のことで悩んできて、いざメイクをしてみようっていうんだから、しょうがないのかな。

期待する気持ちと、やっぱり無理なんじゃないかってどこかで諦めている気持ちが、混ざっているように見えた。

それに、ここにいるのは私だけじゃないから。

「聖音ちゃん、今日は来てくれてありがとう。緊張してると思うんだけど、心配しないでね。柚月先輩も楓先輩も優しいし、政虎くんは……えっと、顔は怖いかもしれないけど、メイクには真剣な人だから！」

どうしても「優しいよ。」とは言えなくて、フォローをしたつもりなんだけど。

「お前……ひと言余計すぎる。」

政虎くんにジロリと睨まれてしまった。

「ちょっ……そんな怖い顔したら聖音ちゃんがもっと怖がっちゃうじゃない！」

「……は？　これのどこが怖い顔なんだ！　俺はいつも穏やかな顔をしている。」

「えっ、うそでしょ？　自覚ないの⁉」

それは初耳だ。

あんなに眉毛と目を、ぎゅんと吊り上げているのに？

「ごめんねぇ。政虎もちょっと緊張してるみたいなんだよねぇ。」

「してない！　楓も変なことを言わないでくれ。」

「ほらほら、そこまでだよ。聖音くんが困惑しているからね。」

と、柚月先輩がいつものように言い合いを止めると。

「……ふ、ふっ……ビューティー部って、もっとしゅっとしてて、キリッとしてるところかと思ってました。」

なんと聖音ちゃんが笑ってくれたの……！

さっきまでカチコチだった肩から力がすーっと抜けていくのが見て取れて、私はホッとした。

これなら、きっとメイク中もリラックスしてもらえる。

緊張したままだと、お肌も硬いしメイクのノリもなんだか悪い気がするから。

「じゃあ、聖音ちゃん……こっちにどうぞ。」

「……はい。よろしくお願いします、紅桃ちゃん。」

鏡台の前に座る聖音ちゃんの表情は、とても穏やかだった。

ママみたいにはできないかもしれない……だけど、メイクの魔法をかけられるよう、精いっぱい頑張るね。

心の中でつぶやいた。


まずは長い前髪をピンでとめた。

目と眉があらわになって、鏡に映ったそれを見た瞬間、聖音ちゃんは息をのんだ。

鏡越しに柚月先輩たちの反応をうかがっているのがわかった。

でも、柚月先輩も楓先輩も、もちろん政虎くんも、彼女の薄くなってきている傷を見て驚いたり嫌な顔をしたりもしない。

三人とも気にしてないのはもちろんだけど、それ以上に、今何をすべきかに夢中なように見えた。

政虎くんは、私がお願いをする前から使う道具やコスメを並べてくれている。

楓先輩は、じっと聖音ちゃんの髪を見て、ブツブツと何事かをつぶやいていた。今からどんな髪型にしようかと、あれこれパターンを考えているんだと思う。

ときどき、柚月先輩に相談しているみたいだった。今回のミニ発表会は制服で出ると決まっているみたいだから、衣装を考える必要がない。その分、柚月先輩は楓先輩の相談相手に徹しているようだ。

専門分野じゃなくても当たり前に相談に乗れるなんて、柚月先輩の知識の広さに驚いちゃうよ。

三人ともやっぱりすごいなぁ。

見習わなきゃいけないところがたくさんある。

だけど今、聖音ちゃんのメイクを任せてもらっているのは私だから。

ただ、目の前の彼女に集中しよう。

「ふき取り化粧水で、肌表面の汚れを軽く落としていくね。」

柔らかいコットンに化粧水をたっぷり取って、そっと聖音ちゃんの肌を拭った。

たちまち聖音ちゃんのお肌がひんやりと潤った。

それからもう一度、今度は保湿のための化粧水をたっぷり、掌でお肌になじませる。

肌の中に閉じ込めていくようなつもりで、丁寧に。

軽くマッサージをすると、聖音ちゃんは静かに目を閉じた。

「これ、気持ちいい……。」

「血行を良くしてね、お肌を明るくしてくれるんだって。」

そっと語りかけながら、私は政虎くんの様子をうかがった。

実はこのマッサージは、今日のために政虎くんに教わったの。

表情が変わらないから何を考えているのかわからないんだけど、何も言ってこないってことはたぶん「及第点」なのかな。

最後は乳液を、やっぱり掌の熱で温めながら肌にのせた。

下準備はこれでおしまい。

そこですかさず、政虎くんが下地を渡してくれた。

もちろん冬泉化粧品の製品で低刺激のコスメ。手の甲に出してみると、ほんのりブルーで、パール感のあるものだった。

聖音ちゃんの肌は、キメが細かく整っていて白い。それに傷以外には、粗という粗も見当たらない。

だからどこかをカバーすることよりも、透明感を出す効果を。

きっとそう考えたんだと思う。

下地はほんの薄く。そこへさらにファンデーションを重ねるんだけど、私はクッションファンデを選んだんだ。

理由はいくつかあった。

まずは冬泉化粧品の低刺激ラインからスキンケア効果の高いクッションファンデが出ていたから。保湿成分たっぷりで肌への負担が少ないって、優れものだよね。

もうひとつは、もし聖音ちゃんが同じメイクをしたいと思ったときに、手に取りやすいと思ったから。

ファンデーションにはクリームタイプやリキッドタイプ、パウダータイプといろいろあるけど、個人的にはクッションファンデはメイク慣れしていない人でも使いやすくていいと思っている。

顔全体にいきなり塗ったりはせずに、中心からトントンと少しずつ伸ばす。

フェイスラインまでがっつり塗らないのがポイントだ。顔全体に塗ってしまうと、のぺっとした、お面みたいな顔になってしまうから。

少し濃い色でフェイスラインに影を入れて引き締めるってやり方もあるけれど、今日のところはそこまではしないでおいた。作りすぎない自然な感じを出したかった。

ベース作りの最後は、粒子の細かいパウダーを、大きめのブラシでほんのりと。

すると、聖音ちゃんの顔は柔らかいベールをまとったみたいに輝いた。

左のこめかみの傷は……消していない。

私のメイクプランの本番はここからになる。

骨格に沿って眉毛を描く。

アイシャドウはブラウンでほんのり奥行きを作る。

アイラインは……あえて黒のリキッドで、はっきりと、少し強調するように。

「ふぅー……。」

ここまで終えて、私は大きく息を吐いた。

これからやろうとしていることに緊張があったんだと思う。ちょっぴり汗もかいていた。

ここが一番大事なところだから。失敗は許されないから。

強い決意をしているはずなのに体は正直だ。手がわずかに震えていた。

こんな手で「描いたりしたら」失敗しちゃう。

そう思ったとたん、ドクンと心臓が跳ねた。

今さらながら不安で不安で怖くなってきてしまったのかもしれない。

こんなときに……！

「おい、紅桃？」

すぐ近くにいた政虎くんが、私の異変に気づいたみたい。

それ以上大きな声を出さずにいてくれたのは、聖音ちゃんへの配慮だと思う。

だけどまずいよ。

これ以上手を止めていたら、聖音ちゃんが変に思って目を開けてしまう。

せっかくリラックスして身を委ねてくれているのに、不安にさせたくない！

どうしよう、どうしよう。

どうにかしなきゃと思うたびに呼吸が浅くなった。

これじゃあ入部テストのときと同じだ。

そんなの嫌なのに……！

「紅桃くん、大丈夫だよ。」

柚月先輩の穏やかな声が耳に届いたのは、息ができなくなるかと思った直後だった。

ふと見ると、先輩は私を見ていた。

すごく、すごく温かい目で見守ってくれている。
それが本当に心強くて。
大丈夫……大丈夫だ。私は大丈夫。
不思議とそう思えたの。
「ごめん政虎くん、もう平気。」
私は小さい声で言ってから、リキッドアイライナーのペンを握り直した。

12 見たかったもの

「聖音ちゃん、できたよ。」

私が声をかけると、聖音ちゃんはピクンと眉を動かして、それから恐る恐る目を開けた。

そして。

「っ……これが、私……？」

驚いたように目を見開き、鏡の中の自分を食い入るように見つめる聖音ちゃん。

気に入ってもらえるか心配だったけど、彼女の目がたっぷりの光を取り込んで、どんどん輝いていくのがわかった。

「すごい……すごいよ……！　綺麗な蝶々……。」

そう、それが今回のメイクの最大のポイントだ。

聖音ちゃんのこめかみに残っていた傷跡とアイラインを繋ぐように、私は黒のリキッドアイライナーで蝶々を描いたの。二、三年前に海外で流行ったっていう、バタフライアイメイクを参考にしたんだよ。

ちなみに前髪は、楓先輩が綺麗なポンパドールを作ってくれた。

いつも隠れていた顔が、すっかり丸見えになっている状態。

さすがに恥ずかしがるかもしれないとも思ったけど、その心配もいらなかった。

「すごい……まるで魔法みたい……！」

聖音ちゃんの声が明るい響きをまとっている。

私が一番聞きたかった言葉と、一番見たかった笑顔がそこにあるのが、嬉しくてたまらなかった。

「でも、どうしてこのメイクにしたの？　私、てっきり傷を消すだけなんだと……。」

聖音ちゃんがクルリとこちらを向く。

彼女の質問に、私の隣で政虎くんが動く気配がした。彼も、理由が気になっていたみたい。

私は昨夜考えたことを口にした。

「聖音ちゃんと話したときのことを思い出して……いろいろ考えたの。それで、もしかして聖音ちゃんは、この傷が本当は誇らしいんじゃないかって思えてきて……。」

「え……？」

聖音ちゃんは驚いたというより、図星を突かれたような顔をした。

「傷を見せてくれたとき、なんだか大切な宝物を見せるみたいな顔をしたから。」

「そ、そうだったんだ……。」

今度は恥ずかしげに頬を赤くする。

その顔を見て、私はああやっぱりって思ったの。

「聖音ちゃんは、傷と……その傷にまつわる思い出を、なかったことにしたくなかったんじゃないかな……？」

「待て。それはおかしいだろう。だったら前髪で覆う必要なんて――。」

「それは灯ちゃんが見ると悲しむから。」

当たり前の政虎くんの疑問を、私は打ち消した。

政虎くんは意味がわからないという顔をしていた。

当然だよね。だって言ってることが矛盾しているから。

でもそれは矛盾じゃないんだとも思ったの。

「傷が聖音ちゃんにとって大切な思い出になっているのも本当で、だけど、傷を見て灯ちゃんが悲しむのを見たくなかったのも本当。だからどうしていいかわからなかったんじゃないのかな……。」

私の言葉に、聖音ちゃんは寂しそうに微笑んだ。

「灯はこれを自分の罪だと思ってるから。私にとっては、本当は……灯を守った勲章なのにね。」

広いメイクスタジオの中に、ハッと息をのむ三人の気配が充満した。

みんな驚いていたようだ。

普通は思わないもんね。友達のために負った顔の傷を、「勲章」だと宝物みたいに思う女の子がいるなんて。

そういう世間の当たり前に、聖音ちゃんの心は押しつぶされてきたのかもしれないとも思った。

聖音ちゃんの心は、聖音ちゃんだけのものなのに。

勝手に決めつけられたくないのに。

「灯の笑顔を奪いたくなかった。でも、同じくらい……灯を守った私を、受け止めてほしかった……！」

声を詰まらせているのに、今まで見たこともないほど凛と前を向く聖音ちゃんの姿に、私まで喉の奥が痛くなりそうだった。

泣くまいとする聖音ちゃんの気持ちが、とっても痛かった。

それくらい聖音ちゃんにとって灯ちゃんは大切な人なんだ。

かける言葉を見失って、私たちはただ黙って聖音ちゃんが肩を震わせるのを見守った。

しばらくすると、聖音ちゃんは指先でちょんちょんと目元を拭って、微笑んだ。

「でも、どうして蝶々だったの？」

「あ、それはね。私の勝手なイメージというか……メッセージなんだけど……。蝶々って、幸運と変化の象徴って言われてるんだって。ほら、メイクって元は魔除けから始まったっていうくらいだし、なんかその……聖音ちゃんを守りながら、素敵な場所へ連れていってくれるかなぁって……。」

「そっか……ありがとう紅桃ちゃん。私、この蝶々と一緒ならどんな場所でも歌えそう。」

そう言って笑った聖音ちゃんの笑顔は、花の精が舞い降りたかのようだった。

私たちは聖音ちゃんと、発表会当日に同じメイクをする約束をした。

けれど私は、それだけでは聖音ちゃんの望みを叶え切ったことにならないことも確信していた。

もうひとつ、私にはやらなくちゃいけないことがあると思ったの。

13 二人の姿

数日後、声楽科の一年生によるミニ発表会は行われた。

約束どおりメイクをした聖音ちゃんは、最初会ったときのオドオドとした雰囲気から別人のように明るくなって舞台へと向かっていった。

一緒に発表会に出る、他の声楽科の生徒たちも驚いていたみたい。

桜棟の地下に造られた講堂は、多くの生徒でいっぱいになっていた。

みんな声楽科の発表を楽しみに聴きに来た人たちばかり。

その中に、私と柚月先輩、楓先輩、政虎くんと……もう一人もいる。

開演のブザーとアナウンスが鳴り響く。

私はとたんに緊張した。

自分がステージに立つわけでもないのにおかしいよね。

でも、ドキドキが止まらなかったの。

聖音ちゃんが無事に歌えますように、と心から祈ったよ。

そして幕が上がると……。


「——♪」


声楽科の生徒たちの歌が、波みたいに観客の心をさらった。

講堂全体をビリビリ震わせるような力強い歌声は圧巻としか言えなくて。

息をするのも忘れそうだった。

それだけでもすごかったのに、いよいよ聖音ちゃんのソロパートが始まると——。


「わ……。」


あちこちから声が漏れ聞こえてきたの。

聖音ちゃんのソプラノは、体の芯を揺らして、心臓をわしづかみにして、みんなの体を満たして、脳天から突き抜けていった。

歌に包まれるって、こういう感じなのかもしれない。

とにかく聴いている間じゅう、ドキドキが止まらなかった。

ステージの上から堂々と私たちに歌いかける聖音ちゃんは、あまりにもかっこよかった。

発表会は三十分ほどで終わった。

私たちは幕が下りたあとも、客席でぼうっとしていた。

聖音ちゃんがやってくるのを待っていたというのもあるんだけど、なんというか動けなかったの。

「すごかったな。」

最初に言葉を発したのは政虎くんだ。

「初めてメイクスタジオで会ったときは、正直、ここまでの歌声を聴くことになるとは想像もつかなかった。」

「……あれが聖音ちゃんの本当の姿なんだね。」

「メイクも、映えてて素敵だったねぇ。」

楓先輩はどこかうっとりとした様子。

「楓先輩のポンパドールも、バッチリでした！　ハーフアップと合わせて、ますますキリッとしてて……。」

「ほんとぉ？　嬉しいなぁ。」

「今回は制服だったけれど、衣装を着用する機会があれば……そのときはぜひともトータルコーディネートを任せてほしいものだね。」

柚月先輩はしみじみとそう言った。

そろそろ客席は空になって、残っているのは私たち「五人」だけ。

私と柚月先輩と楓先輩、政虎くん。そして、もう一人。

私たちと一緒に並んで座っていた彼女は、終始緊張したように両手を握りしめていた。

「ねえ、私、やっぱり――。」

「待って。」

逃げるように立ち上がった彼女の手を、私はとっさに握った。

「最近、ずっとちゃんと話してなかったんでしょ？」

「それは……。」

「このますれ違うなんて、そんなの寂しすぎるよ。」

「でも……。」

「聖音ちゃんもきっと、話したいと思ってると思うの。」

「っ……ダメ！　やっぱり私……！」

彼女が私の手を振り払い、ステージに背を向けた——その直後だ。

「灯!!」

舞台袖から聖音ちゃんが飛び出してきたの。

「待って、灯！」

「聖音……。」

私が連れてきたもう一人とは、灯ちゃんだ。

そしてその顔には……。

「灯のそのメイク……私と一緒の……？」

「……紅桃ちゃんが、聖音とお揃いにしてみないかって言ってくれて。」

聖音ちゃんの蝶は左のこめかみに、灯ちゃんの蝶は右のこめかみに。どちらも片羽根の蝶で、私はふたつでひとつになるイメージで描いていた。

聖音ちゃんは、灯ちゃんの蝶をどこか嬉しそうに見ていた。

反対に、灯ちゃんは聖音ちゃんの蝶から目を逸らした。

「お揃いなわけ……ない。」

「灯？」

「私のは、ただの……！　聖音のとは違う！　聖音の背負った傷の重さは、こんなことで理解なんてできるわけないのに！」

灯ちゃんは、いつだかの聖音ちゃんと同じように体を縮こませて叫んだ。

講堂中に響く彼女の声は、とても悲しくて痛かった。

私は……私たちは、また何もできずにいたの。

声をかけることも、肩を支えることも、背中をさすることも。

ただ、灯ちゃんが小さく体を震わせるのを黙って見ていた。

すると。

「なら……見てよ。」

聖音ちゃんの真っすぐな声が灯ちゃんにぶつかったみたいだった。

「え……？」

灯ちゃんが顔を上げる。

「私をよく見て。この傷を見て。私が今、どんな顔をしているか、見てよ！」

思わぬ聖音ちゃんの声量に灯ちゃんがビクリとする。

逸らしていた目をこわごわ聖音ちゃんに向けていた。

胸元から顎先へ、それから頬。しばらくそこで視線が止まって、やっと目元へ。

二人の視線がぶつかるのがわかった。灯ちゃんが息をのんだから。

そして次の瞬間、聖音ちゃんが笑ったの。

「やっと目を見てくれた。」

「聖音……。」

「気づいてた？　怪我したあのときから、私たちずっとちゃんと目を合わせてなかったんだよ。私はそれが……それが寂しかった！」

ぶわっと聖音ちゃんの瞳から涙がこぼれる。

それを正面から見ていた灯ちゃんの目からも。

「ごめん。ごめんなさい……私、ずっと謝りたかった。けど怖かったの！　あんな怪我させて、私のせいなのに……！　聖音に嫌われたらって思うと……ごめんなさい！」

「嫌うわけないよ。この傷は、私が灯を守ったって証拠だよ。私にとっては大切な思い出のひとつだよ。」

そっと近づいた聖音ちゃんが灯ちゃんの手を取って、やがて二人はお互いを許し合うように抱きしめ合っていた。

その光景はあまりにも綺麗だった。

「よかった……二人が、ちゃんと……気持ちを伝え合えて……っ。」

眉間のあたりがすごく痛い。鼻がツンとして、喉の奥がキューッとしまった。

自分のことじゃないのに、私はすっかり泣きそうで。

「お前が泣いてどうする。」

「わ、わかってるけどぉ……でも嬉しいんだもの。私、役に立てたかなぁ？」

「まあ……悪くなかったんじゃないか。」

「ほんと？」

結局こぼれた涙を拭きながら政虎くんを見た。

するとなぜか、政虎くんが固まってしまった。

ぎょっとしたような顔というか、変な顔をしていた。

そしてすぐに。

「ま……まあ悪くなかったんじゃないか。」

「それ、さっきも同じこと——。」

「だから悪くなかったってことだ！」

つっけんどんに言って、政虎くんはプイっとそっぽを向いてしまった。

泣いたせいかな。また呆れられたのかもしれない。

ともかく、私たちはビューティー部のモットーに従い、聖音ちゃんと灯ちゃんの悩みを消してあげられたみたいだった。

二人の姿を見ながら、私は少しだけ昔のことを思い出した。

『くるみちゃん、へたくそ！』

あの言葉を投げつけた彼女は、今ごろどうしているんだろう。

私もいつか、手を取り合い笑顔をかわし合う目の前の二人のように……。

いつかもう一度、あの子の心に触れることは……。

思い出すとじくじくと痛む胸を押さえながら、かすれてきてしまった思い出の中の女の子の笑顔をなぞったの。

14 柚月先輩の横顔

「紅桃、前。気をつけないと転ぶぞ。」

「えっ？」

「段差。危ないだろう。」

「……わああっ。」

「だから言ったのに。」

聖音ちゃんと灯ちゃんの仲直りを見届けてから、私たちビューティー部の四人は講堂をあとにした。

私はなんだかぼんやりしていて……転びそうになったところを、まさかの政虎くんに支えられて助けてもらったところだ。

背中に添えられた手が熱い。

「ごめん。ありがとう。」

「これくらい……当然だ。」

「……どうしたの？」

「何が。」

「なんか変だよ。」

「いつもどおりだが？」

いやいや、絶対違うよ。

口調が優しいし、偉そうにしないし、さんざん私を睨んできたのに、視線を逸らすし。

政虎くん、急にどうしちゃったの？

不思議に思っていると、政虎くんは居心地悪そうに咳払いをして言った。

「ところで……このあとは、暇か？」

「え？」

「今日は部活を休みにしただろ。用事もないなら……その、た、たまには……俺と一緒に帰るっていうのも……。」

政虎くんと一緒に帰宅……!?

なんで急にそんなこと言い出すの？　それとも別の文句？

もしかして今日の反省会とか？

わからないけど、なんだか怖い。

「えっと……私、ちょっとメイク道具の整理したいから！」

私はそう言って、前を歩く柚月先輩と楓先輩に向かって声をかけた。

「あのっ！　メイクスタジオに寄っていきたいので、鍵を借りてもいいですか？」

するとすぐに先輩たちが振り返った。

「それなら僕も一緒に行こう。ちょうどアイデアノートの整理もしたかったところだ。」

「だ、だったら俺も――！」

「はいはい、政虎はこっちねぇ。今日はおばさまに、たまには家にいらっしゃいってお誘いを受けてるんだからぁ。」

「は？　聞いてないぞ！」

「だから今言ったのよぉ。」

政虎くんは楓先輩にむんずと腕をつかまれて、階段を上っていった。

「紅桃ちゃん……ファイト。」

去り際、なぜか楓先輩は私にウィンクをしたのだった。


メイクスタジオの中はやたらに静かだった。

今日は使っていないせいなのか、空気もひんやりしている気がする。

「あ……じゃ、じゃあ、私メイク道具洗っちゃいますねっ。」

「うん、僕のことは気にせずどうぞ。」

室内の洗面所で筆を洗っていると、背後で先輩がペラペラと紙をめくっている音がした。

いつも使っているアイデアノートを確認しているみたい。

水の音と紙をめくる音だけが響く。

やっぱり静かだ。

静かすぎて、なんだかドキドキしてきてしまう。

それに、今さらながら思ったの。これって二人きりだなぁって……。前にも二人だけで話したことはあるけれど、あのときは政虎くんを怒らせちゃってそれどころじゃなかったし。

でも今は……。

って、何を考えてるんだろう！

私はますます心臓がドキドキしてくるような気がした。

柚月先輩に聞こえちゃったらどうしようかと思って、わざと水の勢いを強くしたりして。とにかく早く洗い終わらなきゃって思い始めていたときだ。

ふいに柚月先輩が声をかけてきたの。

「ねえ紅桃くん。」

「ひゃいっ⁉」

突然すぎて、心臓と一緒に声まで跳ね上がってしまった。

ドックン、ドックンと心臓が鳴り続ける。

私が慌てて水を止めて振り返ると、柚月先輩は目の前に立っていた。

近い。

前からうすうす思っていたけれど、柚月先輩はちょっと人との距離が近い気がするよ。

心臓の音が聞こえてしまったらどうしようかと思うくらい。

これまでも手を握られたり、いろいろあったけど……今日に限って、心臓が震えちゃうのはなんでだろう。

首も頬も、体も、全部が熱くなっていた。

柚月先輩は私をジッと見て、ニコッと笑った。

「あ、あの……？」

「ずっと気になっていたんだけれど、紅桃くんのお母さんは……もしかしてメイクアップアーティストのハルカさん？」

ドキーン！

今度は違う意味で心臓が音を立てた。

まさか柚月先輩から指摘されるとは思わなくて、一瞬頭が真っ白になってしまった。

次いで、サーッと血の気が引いていく。

親が有名なメイクアップアーティストだなんて、卑怯だとか思われていたらどうしようって不安になったの。

そんな私の様子を見てなのか、柚月先輩は申し訳なさそうな顔をした。

「ごめん、もしかして聞かれたくない話だった？」

「その……ママのことは言わないようにしてて……。でも、どうして……？」

どこで気づいたのか不思議で仕方なかったんだよね。

一度だってその話題を出したことがないのに。

「話を聞いていて、もしかしたらと思ってね。」

柚月先輩は何かを懐かしむような顔でクスリと笑った。

私はますます不思議に思ったの。

話って、誰に聞いた話なんだろう？

その疑問も、すぐに柚月先輩が解いてくれた。

「覚えているかな、凛のこと。」

「……あっ！　ビューティー部を作ったって言っていた人ですよね？」

たしか今は留学中だと、楓先輩が言っていたはずだ。

「その人が、いったい……？」

「凛はね、君のお母さんの大ファンなんだよ。」

「そうだったんですか……!?」

「そう。いつも話を聞かされていた。」

これも灯台下暗しっていうのかな？

凛先輩は、ママの苗字が百千鳥ってことも、昔は自宅でメイクスタジオを開設していたことも知っていたみたい。

そんなママのメイクテクニックについて、いつも語っていた……と柚月先輩は教えてくれた。

そして。

「なんだか……懐かしいな。」

ふいに、柚月先輩が窓の外に目を向けた。

遠くに向けられた視線は、どこか寂しそうに見えた。

なのに、その目が柔らかくキラキラ輝いているの。
それを見ていたら、なんだか胸のあたりがムズムズした。
ドキドキよりも、痛痒いような。
あれ、チリチリ焦げてる……？
わけのわからない感覚に胸のあたりが支配されていく。
そのとき、ママの言葉が頭の中に蘇ったの。
『人が何かに恋をするときの瞳ほどドキドキするものはないでしょう？』
……私、ピンときてしまったかもしれない。
柚月先輩は真っすぐ凛先輩のことを考えている……！
それは……つまり恋なんでしょうか？
だったら、私の胸のムズムズ、ドキドキ、チリチリはどうしたらいいんだろう。
柚月先輩の横顔があまりに綺麗で、私は胸が締め付けられるようだった。

あとがき

「紅桃の百色メイク」第一巻を最後までお読みいただき、ありがとうございます。

はじめまして！「Pの推しゴト」シリーズを読んだことがあるよという方は、お久しぶりです。作者の羽央えりです。

さて、新たに始まった今シリーズはメイクをテーマにしたお話です。

羽央が初めてメイクに興味を持ったのは、おそらく十歳くらいだったかと記憶しています。

とはいっても、母がメイクをする姿を見て「いいな」と思った程度。

自分で実際にメイクをしてみたのは、中学生になってからのこと……だったでしょうか。（これまた〝とはいっても〟、演劇部の舞台メイクだったので普通のお化粧とはぜんぜん違うものなのですが！）

鏡に映る自分が、いつもとは違う自分になっていくようで、ドキドキ・ワクワクしたのを覚えています。

今でも、メイクをするのは楽しく、どんなアイシャドウを使おうか、どんなアイラインを引こうか、リップはどれがいいかなどと選ぶ時間はワクワクします。

そんな楽しい時間を紅桃たちは愛していて、その愛のつまった時間を、読者のみなさんと共有できたら、とても嬉しく思うのです。

だけど、覚えておいてください。

メイクは「しなければならないもの」ではありません！

みんながしているから。それが普通だから。

そんな理由でメイクを強要されていると感じてしまったら、楽しい時間にはならないと思うから……。

興味はあるけど、実際にするのはちょっと……と思うなら、自分のその気持ちを大事にしてあげてくださいね。

もちろん、してみたい！　という気持ちがあるなら、チャレンジしてみるのもいいと思います。（ただし、ご両親とよくよく相談してくださいね。）

それから、本編では、メイクをする＝顔を彩るというエピソードばかりに触れておりますが、その前に、スキンケアもぜひとも大事にしてくださいー！

これは、化粧水や乳液を買いましょうというお話ではありませんよ。

何より大事なのは、お肌を清潔に保つことである！　……という、基本のお話です。

まずは毎日の洗顔から。洗顔は全ての元なのです。

優しく洗って、お肌と仲良く過ごしてくださいね。

もうひとつ、紅桃たちが話題にしていた、パーソナルカラーについて。

政虎が説明していたように、現在、巷ではパーソナルカラーが一般にも浸透し、SNSではパーソナルカラーごとに似合うコスメを紹介する人もいます。

パーソナルカラーごとの得意な色を使うことで、メイクの仕上がりがどこか明るく見える・似合うというのは、決してうそではありませんが、だからといって「その色しか使っちゃいけない」なんてことはないので、それも忘れないでくださいね。

極論を言えば、そんなことどうだっていいと思うのです。（政虎たちは、メイクアップアーティストとして「いかに似合うメイクを提案するか」に重きを置いているから、気にしていることだけであって……！）

誰もが好きな色をまとえばいいし、女の子も男の子も関係なくメイクを楽しめばいいのだ……と、羽央は心から思います。

最後になりますが、新シリーズの立ちあげに際し、たくさんのアドバイスをくださった担当編集様、お忙しい中、本作のイラスト担当をご快諾くださり、夢がつまったキュートな表紙・挿絵を描いてくださった星乃屑ありす先生、本書の制作に関わってくださったすべての方に、心よりお礼申し上げます。

そしてもう一度、本書を手に取って最後まで読んでくだったみなさんへ。

本当にありがとうございました！

よかったら、これからも紅桃たちの頑張りを一番近くで応援してください。

みなさんの元へ、今後も紅桃たちの成長をお届けできたら私は幸せです。

それでは、これからもよろしくお願いいたします……！

羽央　えり

＊著者紹介

羽央えり（わお）

　作家・シナリオライター。スマホゲームアプリ「プロジェクト東京ドールズ」のノベライズ（JUMP j BOOKS）や、ゲーム「デジモンサヴァイブ」のメインシナリオ（一部）を担当。オリジナル作品に「Ｐの推しゴト」シリーズ（講談社青い鳥文庫）。そのほかにWebtoonの原案、原作などを務めている。

＊画家紹介

星乃屑（ほしのくず）ありす

　東京都在住のイラストレーター。『はじめての絵の具あそび　キラキラぬりえ　ファンシープリンセス』『メイクアップぬりえBOOK　スイートジュエル』（ともに東京書店）など、子ども向けのイラストを中心に活動中。

この作品は書き下ろしです。

読者のみなさまからのお便りをお待ちしています。
下のあて先まで送ってくださいね。
いただいたお便りは、編集部から著者へおわたしいたします。
〒112-8001 東京都文京区音羽2-12-21 講談社 青い鳥文庫編集部

講談社 青い鳥文庫

紅桃(くるみ)の百色(ももいろ)メイク①
羽央(わお)えり

2024年12月15日 第1刷発行

(定価はカバーに表示してあります。)
発行者 安永尚人
発行所 株式会社講談社
東京都文京区音羽2-12-21 郵便番号112-8001
電話 編集 (03) 5395-3536
販売 (03) 5395-3625
業務 (03) 5395-3615

N.D.C.913 200p 18cm
装 丁 小林朋子
久住和代
印 刷 TOPPANクロレ株式会社
製 本 TOPPANクロレ株式会社
本文データ制作 講談社デジタル製作

KODANSHA

ISBN978-4-06-537662-1

大人気シリーズ!!

『星カフェ シリーズ』

倉橋燿子／作　たま／絵

ストーリー

ココは、明るく運動神経バツグンの双子の姉・ルルとくらべられてばかり。でも、ルルの友だちの男の子との出会いをきっかけに、毎日が少しずつ変わりはじめて。内気なココの、恋と友情を描く！

主人公
水庭湖々

『小説 ゆずのどうぶつカルテ シリーズ』

伊藤みんご／原作・絵　辻みゆき／文
日本コロムビア／原案協力

ストーリー

小学５年生の森野柚は、お母さんが病気で入院したため、獣医をしている秋仁叔父さんと「青空町わんニャンどうぶつ病院」で暮らすことに。　柚の獣医見習いの日々を描く、感動ストーリー！

主人公
森野 柚

大人気シリーズ!!

『藤白くんのヘビーな恋シリーズ』

神戸遥真／作　壱 コトコ／絵

ストーリー

不登校だったクラスメイト藤白くんを学校に誘ったクラス委員の琴子。すると、登校してきた藤白くんが、琴子の手にキスを！　藤白くんの恋心は誰にもとめられない!?　甘くて重たい恋がスタート！

主人公
椿森琴子

『きみと100年分の恋をしようシリーズ』

折原みと／作　フカヒレ／絵

ストーリー

病気で手術をした天音はあと３年の命!?　と聞き、ずっと夢見ていたことを叶えたいと願う。それは、"本気の恋"。好きな人ができたら、世界でいちばんの恋をしたいって。天音の" 運命の恋"が始まる！

主人公
鈴原天音

青い鳥文庫

『探偵チームKZ事件ノート シリーズ』

藤本ひとみ／原作　住滝 良／文
駒形／絵

ストーリー

塾や学校で出会った超個性的な男の子たちと探偵チームKZを結成している彩。みんなの能力を合わせて、むずかしい事件を解決していきます。一冊読みきりでどこから読んでもおもしろい！

KZの仲間がいるから毎日が刺激的！

主人公
立花 彩

『恋愛禁止!? シリーズ』

伊藤クミコ／作
瀬尾みいのすけ／絵

ストーリー

果穂は、男子が超ニガテ。なのに、女子ギライな鉄生と、『恋愛禁止』の校則違反を取りしまる風紀委員をやることに！ところが、なぜか鉄生のことが気になるように……。これってまさか、恋!?

わたし男性恐怖症なのに……。

主人公
石野果穂

大人気シリーズ!!

『ララの魔法のベーカリー シリーズ』

小林深雪／作　牧村久実／絵

ストーリー

中学生のララは明るく元気な女の子。ララが好きなもの、それはパン。夢は世界一のベーカリー。パンの魅力を語るユーチューブにも挑戦中。イケメン４兄弟に囲まれて、ララの中学生活がスタート！

主人公
夢咲ララ

『若おかみは小学生！ シリーズ』

令丈ヒロ子／作　亜沙美／絵

ストーリー

事故で両親をなくした小６のおっこは、祖母の経営する温泉旅館「春の屋」で暮らすことに。そこに住みつくユーレイ少年・ウリ坊に出会い、ひょんなことから春の屋の「若おかみ」修業を始めます。

主人公
関 織子
（おっこ）

『エトワール！シリーズ』

梅田（うめだ）みか／作　結布（ゆう）／絵

ストーリー

めいはバレエが大好きな女の子。苦手なことにぶつかってもあきらめず、あこがれのバレリーナをめざして発表会やコンクールにチャレンジします。バレエのことがよくわかるコラム付き！

主人公　森原（もりはら）めい

『氷（こおり）の上（うえ）のプリンセスシリーズ』

風野（かぜの） 潮（うしお）／作　Nardack（ナルダク）／絵

ストーリー

小5の時、パパを亡くしフィギュアスケートのジャンプが飛べなくなってしまったかすみ。でも、一生けんめい練習にはげみます。「シニア編」も始まり、めざすはオリンピック！ 恋のゆくえにも注目です♡

主人公　春野（はるの）かすみ

「講談社 青い鳥文庫」刊行のことば

太陽と水と土のめぐみをうけて、葉をしげらせ、花をさかせ、実をむすんでいる森。小鳥や、けものや、こん虫たちが、春・夏・秋・冬の生活のリズムに合わせてくらしている森。森には、かぎりない自然の力と、いのちのかがやきがあります。

本の世界も森と同じです。そこには、人間の理想や知恵、夢や楽しさがいっぱいつまっています。

本の森をおとずれると、チルチルとミチルが「青い鳥」を追い求めた旅で、さまざまな体験を得たように、みなさんも思いがけないすばらしい世界にめぐりあえて、心をゆたかにするにちがいありません。

「講談社 青い鳥文庫」は、七十年の歴史を持つ講談社が、一人でも多くの人のために、すぐれた作品をよりすぐり、安い定価でおおくりする本の森です。その一さつ一さつが、みなさんにとって、青い鳥であることをいのって出版していきます。この森が美しいみどりの葉をしげらせ、あざやかな花を開き、明日をになうみなさんの心のふるさととして、大きく育つよう、応援を願っています。

昭和五十五年十一月

講談社